Der geheimnisvolle Ring

Marie Andrevsky

Über dieses Buch

Sophie wird von der Baronin Weißenfeld an Kindesstatt angenommen und gemeinsam mit deren leiblicher Tochter Luise aufgezogen. Achtzehn Jahre später ist das Gut verarmt. Das Angebot der Kaiserin Maria Theresia, die ihr Patenkind Luise nach Wien beordert, da sie für den Grafen Karlesky, einen stadtbekannten Bonvivant, eine Frau sucht, erweckt Hoffnung auf einen Ausweg aus der finanziellen Misere. Luise brennt jedoch mit einem italienischen Maler durch und Sophie fährt an ihrer Stelle nach Wien. Ein Ring mit einem Drachen, das einzige Vermächtnis ihrer Mutter, macht sie zum Mittelpunkt eines teuflischen Ränkespiels ...

Über die Autorin

Marie Andrevsky lebt mit ihrer Familie in Wien. Sie spricht mehrere Sprachen und erlag schon früh der Faszination des Schreibens. Ihr Interesse für Völkerkunde und Mythologien fremder Länder spiegelt sich auch in ihrem schriftstellerischen Schaffen wider. Inspiration holt sie sich bei Reisen und beim Stöbern in verstaubten Geschichtsbüchern

www.andrevsky.com
fran.henz@live.at

DER GEHEIMNISVOLLE RING

MARIE ANDREVSKY

Umschlagabbildung: A. R. Mengs (Erzherzogin Maria Karolina)

Lektorat: Simone Seytz

Marie Andrevsky
c/o Schreiblust-Verlag
Hörder Rathausstraße 30
44263 Dortmund
Deutschland

ISBN: 9781726864268

PROLOG

Die Stefani-Nacht des Jahres 1748 war so kalt, dass der Frost die Luft klirren ließ. Eine in grobe Lumpen gehüllte Frau schleppte sich durch die Wälder, die den kleinen Ort Krems umgaben. Sie stützte sich auf einen wackeligen Stock und ein unbeteiligter Beobachter hätte sie für ein altes Holzweiblein gehalten, das mühselig durch den tiefen Schnee zu seiner Kate stapfte und keinen weiteren Blick an sie verschwendet.

Langsam kämpfte sich die Frau durch die hochaufgetürmten weißen Schneewehen. Ein Lichtschein, der in weiter Ferne leuchtete, gab ihr Hoffnung und ließ sie weitergehen, obwohl ihr ausgezehrter Körper sich danach sehnte, eine Rast zu machen. Doch ein Ausruhen wäre tödlich, denn sie hätte nicht mehr die Kraft, um wieder aufzustehen, dessen war die Frau sich gewiss. Als sie das Haus, aus dessen Fenster das Licht in die kalte, dunkle Nacht hinaus strahlte, endlich erreichte, fehlte nicht mehr viel auf Mitternacht.

Mit letzter Kraft trommelte sie an das große Holzportal und klammerte ihre rotgefrorenen Finger an den Türrahmen. Sie betete stumm zu Gott, dass die Bewohner sie hören würden. Als das Tor endlich mit einem dumpfen Quietschen geöffnet wurde, fiel sie auf die Knie und streckte flehentlich ihre Arme aus. „Helft mir, bei der Gnade der Mutter Gottes, helft mir."

Der Mann, der die Kleidung eines Lakaien trug, wich einen Schritt zurück und rief über seine Schulter: „Lena, hol den Baron und die Baronin."

Dann packte er die Frau am Arm und zog sie ins wohlgeheizte Innere des Hauses. Mittlerweile war Lena, das Dienstmädchen, mit den beiden Herrschaften zurückgekommen. Zu viert starrten sie auf die Gestalt, die zusammengekrümmt auf dem Fußboden lag. Der Schnee in ihren Gewändern begann zu schmelzen und sickerte in dünnen Rinnsalen über das Parkett. Sie versuchte ungeschickt, aufzustehen und wäre gestürzt, wenn sie der Lakai nicht aufgefangen hätte.

„Helft mir, gnädiger Herr. Lasst mich die Nacht über hierbleiben, gnädige Frau. Ich mache keinen Ärger. Nur etwas Wärme in der Küche am Herd. Ich flehe Euch an. Schickt mich nicht weg. Schickt mich nicht wieder in die Kälte. Morgen bin ich verschwunden, noch bevor Ihr aufwacht. Ich flehe Euch an ...“

Die Baronin machte einen Schritt auf die Frau zu und schob die Lumpen über ihrem Bauch zur Seite. „Sie ist guter Hoffnung, Friedrich“, sagte sie zu ihrem Mann. „Wir können sie nicht wegschicken.“

„Natürlich, Anettchen, sie geht nicht wieder hinaus in die Kälte. Sie bleibt hier. Lena, mach ein Zimmer bereit“, wandte er sich an das Dienstmädchen.

Lena nickte und schickte sich an, seine Anordnung zu befolgen.

„Warte, Ludwig, ich helfe dir“, sagte der Hausherr und griff nach dem Arm der in Lumpen gekleideten Frau. Gemeinsam stiegen sie mit ihr die breite Treppe nach oben und brachten sie in das Zimmer, in dem Lena gerade den Kamin anheizte.

Sie setzten die Frau in einen Lehnsessel und blickten dann hilflos zur Baronin. Mit einem kleinen Kopfschütteln betrachtete diese die Männer und meinte dann: „Ihr könnt gehen, ich kümmere mich schon um unseren Gast.“

Sichtlich erleichtert machten sich die beiden auf den Weg. Aber noch bevor sie das Zimmer verlassen hatten, rief ihnen die Baronin nach: „Sagt in der Küche Bescheid, dass man mir etwas heiße Suppe bringt.“

Sie war zu der Frau getreten, die zusammengesunken im Lehnsessel kauerte, und griff nach dem Wolltuch, das sie um ihren Kopf gewickelt hatte.

„Ich bin die Baronin Anette von Weißenfeld. Ihr könnt so lange hierbleiben, wie Ihr wollt.“ Ihr Blick blieb auf dem gewölbten Leib der Frau hängen. „Wann ist es denn soweit?“

Die Frau antwortete nicht, sondern sah die Baronin nur mit müden Augen an.

„Frau Baronin, soll ich trockene Kleider holen?“, fragte Lena von der Tür her.

„Ja, das ist eine gute Idee. In der Truhe sind Kleider, die ich für Pfarrer Eichdorfs Sammlung zur Seite gelegt habe. Bring etwas davon her.“

Lena nickte und eilte davon.

Die Baronin zog einen Sessel näher und setzte sich der Frau gegenüber. „Wie ist Euer Name?“

Die blassen Lippen der Frau öffneten sich und schienen ein Wort zu formen.

Die Baronin beugte sich vor, um den gehauchten Laut zu verstehen. „Anna?“, wiederholte sie dann fragend.

Die Frau schloss bejahend die Augen und die Baronin betrachtete sie mit sorgenvoll gerunzelter Stirn.

Lena kam mit einem Arm voller Kleider zurück und half der Baronin, Anna aus ihren alten, nassen Lumpen zu schälen und in trockene Hemden zu hüllen. Gemeinsam gelang es ihnen auch, die Frau zum Bett zu bugsieren und in die weichen Kissen zu legen. Ludwig brachte eine Schale Suppe und wurde damit beauftragt, heiße Ziegelsteine zu besorgen.

Während Lena die Kissen so aufstapelte, dass Anna aufrecht sitzen konnte, hielt die Baronin die Suppenschale und fütterte die völlig entkräftete Frau geduldig. Beruhigt merkte sie nach einer Weile, dass etwas Farbe in Annas Wangen zurückkehrte.

„Vergelt's Gott, Frau Baronin", die Stimme war kaum mehr als ein Flüstern. „Ich mache keinen Ärger, eine Nacht nur, dann bin ich wieder verschwunden."

„Schlaft, Anna. Morgen, wenn Ihr ausgeruht seid und gefrühstückt habt, werden wir reden.

Aber jetzt sammelt Eure Kräfte." Die Baronin stand auf. „Ich lasse die Kerze brennen und die Tür angelehnt."

Sie trug die Suppenschale in die Küche und ging dann ins Schlafzimmer zu ihrem Mann. Er stand bei der Wiege und betrachtete seine Tochter. Leise trat sie neben ihn und legte den Kopf auf seine Schulter.

Das kleine Mädchen schlief ruhig. Die Wangen glänzten rosig und die blonden Locken ringelten sich um das runde Gesichtchen. „Unser Engel", flüsterte die Baronin. „Unser süßer kleiner Engel." Melancholie lag in ihrer Stimme, da die Ankunft der schwangeren Frau sie an die dramatischen Ereignisse bei der Geburt ihrer eigenen Tochter vor vier Monaten erinnert hatte.

Ihrer Töchter. Denn die schlafende Luise war mit einer Zwillingsschwester zur Welt gekommen, die jedoch zu schwach gewesen war, um am Leben zu bleiben. Die kleine Marie starb noch am Tag ihrer Geburt. Und damit nicht genug, hatte Doktor Krainer, der Medicus, einige

Tage später der Baronin mit ernsten Worten mitgeteilt, dass sie aufgrund des schwierigen Geburtsverlaufs nach menschlichem Dafürhalten keine weiteren Kinder mehr bekommen konnte.

Seitdem behandelten der Baron und seine Frau die kleine Luise wie ein rohes Ei. Keine Minute ließen die beiden ihre Tochter aus den Augen, und die Baronin hatte rundweg die Aufnahme einer Amme abgelehnt, da sie sich selbst um Luise kümmern wollte. Sie trug sie herum, bewachte ihren Schlaf und freute sich über jede neue Fertigkeit, die sie an Luise entdeckte.

„Lass uns zu Bett gehen, Annettchen", sagte Friedrich und legte den Arm um seine Frau.

Ein gellender Schrei weckte die Baronin. Sie griff nach ihrem Morgenmantel und hastete in Annas Zimmer. Mit einem Blick erfasste sie das schweißüberströmte Gesicht der Frau und die blutig gebissenen Lippen.

Die Wehen hatten eingesetzt, und das schon vor Stunden. Anette griff nach Annas Hand, die sich kalt und feucht anfühlte. In den Augen der Frau lag nackte, unverhüllte Angst.

„Ruhig, alles wird gut, Anna. Alles wird gut“, murmelte sie automatisch.

Auch Lena und Bozena, die Köchin, hatten die Schreie gehört und waren in das Zimmer der Gebärenden geeilt. Sie standen vor dem Bett und blickten die Baronin vertrauensvoll an. Sicher wusste sie genau, was zu tun war.

„Schickt einen der Knechte nach Dr. Krainer und bringt mir heißes Wasser“, ordnete Anette von Weißenfeld an und zog die Decke vom Körper der Frau, sobald die beiden das Zimmer verlassen hatten. Zu ihrem Entsetzen musste sie feststellen, dass das Leinenhemd voller Blut war.

Erschrocken starrte sie auf den riesigen roten Fleck. Es musste etwas geschehen und zwar schnell. Annas Finger schlossen sich fester um ihre Hand und sie stöhnte wieder. Die Wehe schien ihren Leib noch höher zu wölben und gleichzeitig wurde der Blutfleck auf dem Hemd größer.

Sobald sich Annas Griff lockerte, sprang die Baronin auf und lief zu einer Kommode. Mit zitternden Fingern zog sie die Lade auf und nahm einen Stapel Handtücher.

Sie schob das blutige Hemd beiseite und legte zwei Handtücher zwischen die Beine der Frau. Gleichzeitig wurde ihr die Sinnlosigkeit ihres Tuns bewusst und sie sank auf den Sessel. Das Einzige, woran sie denken konnte war, ob Dr. Krainer noch rechtzeitig kommen würde, denn auch die Handtücher färbten sich mit grauenhafter Schnelligkeit blutrot.

Die Zeit verstrich. Lena und Bozena hatten den Auftrag der Baronin ausgeführt und waren zurückgekommen. Jetzt saßen sie auch an Annas Bett und sprachen ihr Mut zu, den keine der Frauen empfand. Annas Stöhnen wurde immer leiser und ihr Gesicht immer blasser.

Plötzlich, als niemand damit rechnete, entrang sich der Gebärenden ein langgezogener, dumpfer Schrei. Gleichzeitig richtete sich ihr

Körper wie von einer fremden Macht gesteuert auf und ein kleiner, blutiger Körper zappelte zwischen ihren Beinen.

Während Anette noch ungläubig auf das Kind starrte, griff Lena danach und hielt es an den Beinen hoch. Mit der flachen Hand klopfte sie auf seinen Rücken und das Kleine begann heiser zu wimmern.

„Ein Mädchen“, sagte sie, griff nach dem Handtuch und wickelte den Säugling ein. Dann band sie die Nabelschnur an zwei Stellen ab und schnitt sie durch.

Bozena hievte den Eimer auf einen Sessel und mischte das heiße Wasser mit kaltem aus einer Kanne. Die beiden Frauen säuberten das Neugeborene, das zunehmend lauter schrie und hüllten es in eines von Luises bereitliegenden Hemdchen.

Anette streichelte Annas Arm und lächelte ihr beruhigend zu. „Ein Mädchen, hört Ihr? Ihr habt ein kleines Mädchen bekommen.“

Die blassen Lippen verzogen sich leicht. „Sophie“, murmelte sie mit kraftloser Stimme.

„Sophie." Ihr Kopf fiel nach hinten und ihr Körper wurde schlaff.

„Sie hat das Bewusstsein verloren", rief die Baronin voller Angst und blickte die beiden anderen Frauen an. „Wenn nur Doktor Krainer endlich hier wäre!"

Bozena wiegte den Säugling beruhigend in ihrem Arm und sagte leise: „Doktor Krainer kann hier nichts mehr tun, Baronin. Die Frau ist tot."

Doktor Krainer kam in den frühen Morgenstunden und wie Bozena richtig erkannt hatte, konnte er für Anna nichts mehr tun. Er untersuchte das Neugeborene und teilte der Baronin dann mit, dass die Kleine zwar zart, aber ansonsten kerngesund sei. Bevor er ging, sah er noch nach Luise und teilte den Eltern mit, dass sie sich völlig zufriedenstellend entwickelte. Zum Abschied schüttelte er dem Baron die Hand und versprach, den Pfarrer und den

Totengräber zu verständigen. Dann war das Ehepaar alleine.

„Was sollen wir mit der Kleinen tun?“, fragte der Baron. Er stand neben der Wiege, in der seine Tochter schlief, nachdem die Baronin sie gestillt hatte. Jetzt hielt sie den Säugling in ihren Armen, der leise greinte. Auf ihrem Gesicht lag ein sanftes, glückliches Leuchten.

Das Bild schnitt dem Baron ins Herz, und noch bevor er die Frage ausgesprochen hatte, kannte er die Antwort.

„Es ist ein Zeichen, Friedrich. Ich sollte zwei Mädchen bekommen und nach Gottes Willen hat er mir Marie jetzt wiedergegeben. Lass uns die Kleine an Kindesstatt annehmen. Was soll mit dem armen Wurm sonst geschehen? Es ist eine Waise, wir wissen nicht einmal den Namen seiner Mutter. Bringst du es fertig, sie einfach wegzugeben, in ein ungewisses Schicksal?“

Langsam trat er näher und strich über das kleine Köpfchen, das an Anettes Schulter ruhte. Er spürte, wie tief seine Frau von der Sorge um diesen kleinen Menschen berührt wurde. Vielleicht hatte sie ja Recht. Gottes Wege waren unerforschlich. „Ich will nichts anderes, als dass du glücklich bist. Wenn du es möchtest, Anettchen, dann lass uns dem Mädchen ein Zuhause und Luise ein Schwesterchen geben."

1

18 Jahre später

Zwei Pferde jagten im gestreckten Galopp über die Waldlichtung, die sich im Licht der ersten Frühlingssonnenstrahlen sonnte.

„Ich krieg dich, Sophie, diesmal krieg ich dich“, rief die eine Reiterin zu der anderen hinüber.

„Niemals – du weißt ganz genau, dass der Verlierer Bozena beim Silberputzen helfen muss“, rief die andere über die Schulter zurück.

Luise und Sophie waren auf dem Weg zu ihrem Lieblingsplatz, einem kleinen Teich am Waldrand. Sie saßen oft dort zusammen, mit einem Buch oder dem aus Wien eingetroffenem „Diarium“, in dem der neueste Klatsch und die neueste Mode vorgestellt wurden. Manchmal beobachteten sie auch nur die Tiere, die an den Teich kamen, um zu trinken und die Wolken, die über den blauen Himmel zogen und hingen ihren Gedanken nach.

Heute jedoch mussten sie feststellen, dass ihr Lieblingsplätzchen bereits von jemand anderem besetzt worden war. Das war in der Tat sehr ungewöhnlich, denn die Stelle lag so verborgen, dass sich kaum jemand hierher verirrte. Noch dazu jemand, der ganz offensichtlich nicht aus der Gegend stammte, denn hier kannte jeder jeden, aber diesen Eindringling hatten sie noch nie gesehen.

Die Mädchen zügelten die Pferde und blickten zu dem Mann hinüber, der vor einer Staffelei stand. Neben ihm lag ein kleiner geöffneter Koffer, in dem sich Pinsel und Farbtöpfe befanden.

„Sollen wir wieder zum Schloss zurückkehren?“, fragte Sophie unsicher.

Luise schüttelte den Kopf. „Aber nein, lass uns sehen, welchen Künstler es hierher verschlagen hat.“

Sie stiegen ab, banden die Pferde an einem Baum fest und näherten sich dem Maler. Er hatte sie bemerkt und lächelte ihnen entgegen.

„Signorine, ich dachte nicht, dass der Morgen noch schöner werden könnte." Er verbeugte sich schwungvoll und sprach mit starkem Akzent weiter. „Ich bin Luigi Fertonelli aus Milano."

Luise, die weder schüchtern noch geziert war, nickte ihm freundlich zu. „Ich bin Luise von Weißenfeld und das ist meine Schwester Sophie."

Sophie war einen Schritt hinter Luise stehen geblieben und musterte den jungen Mann. Sein langes schwarzes Haar war im Nacken zusammengebunden. Einige dünne Strähnen hatten sich gelöst und fielen in sein schmales Gesicht. Sein dunkler Teint verriet seine südländische Abstammung ebenso wie die kohlschwarzen Augen, die gerade Löcher in Luise brannten. Der schmale Mund verzog sich leicht und er griff nach der Hand ihrer Schwester, um sie zu einem nicht nur angedeuteten Kuss an seine Lippen zu ziehen.

Als er sich an sie wandte, versteckte sie schnell ihre Hand hinter dem Rücken, milderte die Geste aber mit einem Lächeln und sagte hastig. „Wie schön, Eure Bekanntschaft zu machen, Signore Fertonelli."

Luise trat an die Staffelei und begutachtete die Skizze der Waldlichtung. „Sehr hübsch. Das gefällt mir gut. Vor allem der Übergang von Licht und Schatten am Waldrand, das ist Euch wirklich hervorragend gelungen."

Seine Augen leuchteten auf. „Tatsächlich? Ein Kompliment aus Eurem Mund, Contessina, ist ein ganz besonderes Geschenk."

Luise nickte geschmeichelt und fragte ihn ungezwungen: „Seid Ihr schon lange hier in der Gegend?"

„Nun, ich habe Milano vor einem Jahr verlassen und ziehe seitdem herum. Heute hier, morgen da. Für einen Maler ist die ständige Inspiration lebenswichtig."

Sie plauderten weiter und Sophie kam sich wie das fünfte Rad am Wagen vor. Deshalb ging sie zu ihrem Pferd zurück und holte das Buch aus der Satteltasche, das sie mitgebracht hatte. Unter einem Baum breitete sie eine Decke aus und setzte sich.

Allerdings fiel es ihr schwer, sich zu konzentrieren, da immer wieder das glockenhelle Lachen ihrer Schwester zu ihr herüberdrang. Schließlich gab sie auf und spähte über den Buchrand zu den beiden hinüber.

Sie verstanden sich prächtig. Zwar gehörte Luise zu jenen glücklichen Menschen, die leicht mit anderen ins Gespräch kamen, aber so hatte Sophie sie noch nie erlebt. Sie konnte sich des Eindrucks nicht erwehren, dass ihre Schwester mit dem Maler, den sie gerade erst kennengelernt hatte, aufs Heftigste kokettierte.

Als es Zeit wurde, nach Hause zurückzukehren, und Luise noch immer keine Anstalten machte, sich zu verabschieden, stand Sophie kurzentschlossen auf und ging zu den beiden hinüber.

„Luise, wir müssen zurück“, sagte sie und ignorierte die unfreundlichen Blicke ihrer Schwester.

„Aber Ihr kommt doch wieder, Contessina?“, bat Luigi mit flehentlichem Augenaufschlag. „Domani? Ja? Morgen?“

Luise lächelte ihn freundlich an. „Wir werden sehen, Signore Fertonelli.“

Der Maler verbeugte sich wieder und griff nach ihrer Hand, die er mit großer Geste an die Lippen zog. Dabei hielt er sie länger fest als nötig.

Auch Sophie blieb nichts anderes übrig, als ihm die Hand zu reichen. Doch bei ihr deutete er den Handkuss nur förmlich an, wie sie erleichtert feststellte.

Während sie zurückritten, hörte Luise nicht auf, von Luigi Fertonelli zu schwärmen und es war klar, dass sie sich am nächsten Morgen wieder mit ihm treffen wollte.

So geschah es dann auch. Sofort nach dem Frühstück verschwand Luise wieder in ihrem Zimmer und wühlte in ihren Schränken. Nachdem sie endlich ein passendes Kostüm gefunden hatte, brachte sie eine Ewigkeit damit zu, ihr silberblondes Haar zu bürsten und hochzustecken. Und selbst dann starrte sie noch melancholisch in den Spiegel.

„Ach, Sophie, ich bin einfach zu klein. Mein Kinn ist zu spitz und ..."

„... und deine Augen sind zu blau und deine Haut ist zu glatt", ergänzte Luise trocken und trat neben ihre Schwester.

Wieder einmal stellte sie fest, dass sie sich nicht ähnlich sahen. Luise war klein mit runden Schultern und einem üppigen Busen, den sie bisher immer unter hochgeschlossenen Kleidern versteckt hatte, heute aber ungeniert ins rechte Licht rückte. Ihr seidiges, silberhelles Haar umrahmte ein engelsgleiches Gesicht mit tiefvioletten Augen.

Sophie war einen Kopf größer, ihr dichtes hellbraunes Haar ringelte sich an den Spitzen und ließ sich nur schwer bändigen. Ihre Gestalt war schmal und ihre Brust erlangte nur durch ein geschicktes Mieder jenen Umfang, den die Mode gerade vorschrieb. Ihre Augen leuchteten in einem dunklen Grün, das ihren cremeweißen Teint betonte. Ihr Mund war zu groß, vor allem wenn sie lachte, aber ihre Nase erfreulich gerade. Das Ungewöhnlichste an ihr waren jedoch die tiefschwarzen Augenbrauen, die sich in eleganten Bögen über ihren Augen wölbten und stets einen nachdenklichen Ausdruck in ihr Gesicht zauberten.

Sie streckten ihrem Spiegelbild die Zunge heraus und wandten sich ab. Nebeneinander gingen sie zu den Stallungen. Früher einmal war jede Box mit edlen, hochgezüchteten Pferden bestückt gewesen. Aber dann hatte vor einigen Jahren eine Seuche fast den gesamten Bestand an Zuchttieren dahingerafft und mit ihnen den Wohlstand, der auf Weißenfeld geherrscht hatte. Es schien wie ein Fluch, denn alles was der Baron anfasste, zerfiel zwischen seinen Händen.

Ein Brand zerstörte das gerade in Bau befindliche Sägewerk, und bei dem Versuch, das Feuer zu löschen, kamen zahlreiche Leibeigene aus den benachbarten Dörfern um.

Teile der Weißenfeldschen Besitzungen mussten verkauft werden, um den Schaden einigermaßen zu decken und den Witwen samt Kindern ein bescheidenes Weiterleben zu ermöglichen.

Zwar musste niemand auf Weißenfeld hungern, aber der Glanz aus der Zeit als der Baron voller Stolz die Komtess Pereschkow, eine ehemalige Hofdame der Kaiserin Maria Theresia, auf sein Schloss heimgeführt hatte, war verschwunden. Heute teilten sie das Schicksal zahlreicher verarmter Adelsfamilien, die außer einem alten Namen nichts Wesentliches vorweisen konnten.

Das Dach des Gebäudes war an vielen Stellen undicht und der Putz fiel von den Wänden. Neue Möbel, Teppiche und Goblins blieben unerfüllbare Träume der Baronin. Auch ihr gesellschaftliches Leben beschränkte sich auf ein

Mindestmaß. Diese letzten Jahre hatten tiefe Spuren in ihr Gesicht gegraben und ihre Zuversicht war von Gram verdrängt worden. Sie lächelte nur mehr selten und oft betrachtete sie ihren Mann und vor allem Sophie mit einem missmutigen Ausdruck.

Aber da sie sich häufig mit Migräne auf ihr Zimmer zurückzog, fiel den Familienmitgliedern die über lange Jahre entstandene, tiefe Unzufriedenheit der Baronin nicht auf.

Den Mädchen ging nichts ab, denn sie konnten sich nicht an den verschwenderischen Luxus früherer Jahre erinnern. Sie waren mit den selbst genähten einfachen Kleidern ebenso zufrieden, wie mit den alten Pferden. Und als vor sechs Monaten das Lehrerehepaar seine Sachen packte, kamen sie nicht auf die Idee, dass die mangelnde Bezahlung der Grund dafür sein könnte, sondern nahmen an, dass sie alles an Unterricht erhalten hatten, was die Lehrer ihnen vermitteln konnten.

Fritz, der fast siebzigjährige Stallknecht, tat sich schon schwer mit dem Satteln der Tiere, darum halfen ihm die Mädchen, ohne ein Wort darüber zu verlieren. Sie lenkten die Pferde durch den Hof des Schlosses Weißenfeld in Richtung ihres Lieblingsplätzchens. Kaum, dass sie außer Hörweite waren, begann Luise wieder mit ihrem Lieblingsthema. „Glaubst du, er ist da?"

„Warum sollte er nicht da sein? Sein Bild war ja noch nicht fertig", erwiderte Sophie unschuldig.

Luise verdrehte die Augen. „Aber er kommt doch wegen mir, du Schäfchen. Nicht wegen des dummen Bildes."

„Na, dann weiß ich nicht, ob er kommen wird", lachte Sophie und fügte schnell hinzu. „Aber natürlich kommt er. Und wenn nicht, dann ist er selbst schuld, dass er dein wunderbares Kleid verpasst – mit dir darin."

Schon von fern sahen sie, dass Luigi Fertonelli am selben Platz wie gestern stand und an seinem Bild arbeitete. Seine Augen leuchteten auf, als er Luise sah und er ließ sich bei der Begrüßung wieder lange, lange Zeit, ehe er ihre

Hand losließ. Luise im Gegenzug schenkte ihm ihr strahlendstes Lächeln.

Sophie begnügte sich mit einem Nicken und setzte sich dann in einiger Entfernung mit ihrem Buch unter einen Baum.

Nach diesem Schema liefen die folgenden Tage ab. Sophie fand das Ganze zwar lästig und Luises Betragen völlig unmöglich, aber sie nahm an, dass Luigi Fertonelli bald wieder weiterziehen würde, und sich das Problem daher von selbst lösen sollte. Zu ihrer Überraschung machte der Maler jedoch weder Anstalten, seinen Aufenthalt abzubrechen noch im Schloss Weißenfeld vorstellig zu werden, um seine Bekanntschaft mit Luise offiziell zu machen. So gering seine Chancen auch sein mochten, vom Baron und der Baronin mit offenen Armen aufgenommen zu werden, gebot doch die Höflichkeit ein solches Handeln.

Als Sophie jedoch eines Nachts aufwachte und das Bett neben sich leer fand, begann sie zum ersten Mal sich ernstlich Sorgen zu machen. Allerdings schaffte sie es nicht, mit Luise darüber zu sprechen und ihr die Bedenken mitzuteilen. Die Schwester war wie ausgewechselt und das Glück leuchtete aus ihren Augen. Sophie wunderte sich insgeheim, dass niemandem außer ihr das veränderte Wesen von Luise auffiel.

Aus den Tagen wurden Wochen und Luise traf sich weiter mit Luigi Fertonelli, während Sophie die mehr oder weniger unnötige Anstandsdame spielte.

2

Sie kamen gerade von einem solchen Treffen zurück, als ihnen die Baronin aufgeregt entgegenlief. Das war dermaßen ungewöhnlich, dass Sophie im ersten Moment glaubte, dass die heimlichen Rendezvous aufgeflogen waren.

„Kinder, schnell, bringt die Pferde in den Stall, es gibt Neuigkeiten“, rief Annette von Weißenfeld atemlos und fächelte sich mit einem Stück Papier Luft zu. „Auch du, Friedrich.“

Der Baron überquerte gerade den Hof und runzelte ebenfalls die Stirn, als er seine aufgeregte Frau erblickte. Das Wort Neuigkeiten verursachte ihm Unbehagen, denn die Neuigkeiten der letzten Zeit waren keine guten gewesen.

Als sich endlich alle im Salon versammelt hatten, hielt die Baronin den Brief triumphierend hoch, der ihr gerade als Fächer gedient hatte. „Hier, seht ihr das Siegel?“, fragte sie erregt. „Von der Kaiserin. Sie hat sich an mich erinnert. Und daran, dass sie deine Patentante ist, Luise.“

Luise versuchte die Aufregung ihrer Mutter zu verstehen. Sie wusste zwar, dass die Kaiserin ihre Patentante war, aber mehr als ab und an einen Brief oder ein Heiligenbildchen mit Widmung hatte sie von ihr noch nie bekommen.

„Das ist ja wirklich eine gute Nachricht, Mutter“, erwiderte sie deshalb vorsichtig.

„Das ist in der Tat eine gute Nachricht, mein Kind. Die Kaiserin sucht für einen ihrer Höflinge eine passende Frau, und ihre Wahl ist auf dich gefallen!“ Die Baronin strahlte über das ganze Gesicht. „Du wirst nach Wien gehen, du wirst eine hochgestellte Persönlichkeit heiraten und ein Leben in Saus und Braus führen, so wie es der Komtess Weißenfeld zusteht.“

Luise war leichenblass geworden, aber niemand achtete darauf, weil der Baron sanft den Brief aus den Händen seiner Frau löste und leise, aber bestimmt sagte: „Anettchen, wir können uns keine große Hochzeit leisten. Keinen Aufenthalt in Wien. Vermutlich können wir nicht einmal die Reise in die Hauptstadt bezahlen."

Mit ungewohnter Energie warf die Baronin den Kopf in den Nacken. Ihre Augen sprühten. „Lies den Brief, Friedrich. Die Kaiserin gewährt Luise nicht nur eine überaus großzügige Mitgift, sondern will ihr auch die Hochzeit ausrichten."

Der Baron studierte den Brief und im Raum herrschte völlige Stille. Als er das Blatt sinken ließ, musste er zugeben, dass seine Frau die Wahrheit gesprochen hatte. Der erwartungsvolle Ausdruck auf ihrem Gesicht brach ihm beinahe das Herz. Er wusste, wie sehr sie das Leben, das sie in Wien geführt hatte, vermisste. Schon zu jener Zeit, als Geld, besser gesagt, das Fehlen davon, noch nicht das einzige Thema in diesem Haus gewesen war, hatte sie mit leidenschaftlicher Begeisterung von den Erlebnissen am Hof berichtet.

„Nun, es scheint, als wäre unsere Pechsträhne tatsächlich zu Ende“, sagte er langsam.

„Ich wusste, dass die Kaiserin uns nicht vergisst, ich wusste es“, wiederholte die Baronin glückstrahlend. „Luise, wir werden deine Aussteuer zusammenpacken und nach Wien fahren. So schnell wie möglich. Ich werde noch heute Abend ein Schreiben aufsetzen, und der Kaiserin versichern, wie sehr wir diese Ehre zu schätzen wissen.“

Luise blickte ihre Mutter schweigend an. Noch immer war sie blass bis in die Lippen und Sophie wagte nicht daran zu denken, was ihre Schwester sagen würde, wenn sie den Mund aufmachte.

„Das Glück hat dir die Rede verschlagen, mein Kind. Kein Wunder, wer hätte mit einer solchen Schicksalsfügung gerechnet.“ Anette von Weißenfeld tätschelte den Arm ihrer Tochter, der schlaff herunterhing. „Meine kleine

Luise am Hof von Wien, ich kann es noch immer nicht fassen, die vielen ..."

„Nein, Mutter", sagte Luise endlich. Ihre Stimme klang nicht besonders laut, aber fest. „Ich werde nicht nach Wien fahren, um die Frau eines wildfremden Mannes zu werden."

Entsetzt starrte die Baronin ihre Tochter an. „Luise, du verstehst nicht, was du da sagst ..."

„Oh doch, ich verstehe alles. Du willst nach Wien zurück, und wenn es nur für einen kurzen Aufenthalt ist. Deswegen soll ich verheiratet werden, aber ich will nicht und du kannst mich nicht zwingen. Niemand kann mich zwingen." Jetzt war ihre Stimme schon lauter.

„Luise, in welchem Ton sprichst du mit mir?", entrüstete sich die Baronin.

Sophie stand neben ihrem Vater. Die beiden blickten sich hilflos an, während Luise starrsinnig wiederholte: „Ich werde nicht nach Wien gehen. Ich werde keinen mir unbekannten Günstling der Kaiserin heiraten."

Die Baronin wandte sich an ihren Mann. „Friedrich, sag doch etwas. Sag ihr, dass sie die Chance ihres Lebens wegwirft."

„Anettchen, Luise, beruhigt euch doch ..."

„Ich werde nicht nach Wien gehen." Luise verschränkte die Arme vor der Brust und hob kämpferisch das Kinn. „Wenn du so darauf erpicht bist, nach Wien zu kommen, dann lass doch Sophie den Höfling heiraten."

Sophie wich vor Schreck einen Schritt zurück. „Ich?"

Luise nickte und ihre Wangen bekamen wieder etwas Farbe. „Natürlich, das ist die Lösung. Sophie soll nach Wien gehen. Sie hat viel bessere Manieren als ich", behauptete Luise ohne mit der Wimper zu zucken. „Blond ist ohnehin außer Mode. Der Kaiserin wird sie bestimmt besser gefallen. Von dem hoffnungsvollen Bräutigam ganz zu schweigen."

Die Baronin maß Sophie mit einem Blick, der so kalt war, dass ihr eine Gänsehaut über den Rücken huschte. „Nein, das kommt nicht in Frage."

„Anettchen, vielleicht ist die Idee gar nicht so schlecht“, wagte der Baron einzuwenden und wurde ebenfalls mit einem Blick bedacht, der ihn in einen Eiszapfen verwandeln konnte.

„Habt ihr denn alle den Verstand verloren? Die Kaiserin will meine Erstgeborene, ihr Patenkind, und niemanden sonst.“ Zornig sah die Baronin in die Runde. „Sieht denn keiner außer mir diese einzigartige Chance? Luise, was ...“

Die Tür fiel krachend hinter der Baroness ins Schloss und Sophie fühlte, wie sich ihre Haare sträubten, als ihre Mutter sie anklagend anblickte: „Was ist los mit ihr?“

Sophie versuchte unschuldig zu antworten. „Nichts, Mama. Sie will nur nicht nach Wien.“

„Papperlapapp. Da stimmt etwas nicht. Sie benimmt sich, als hätte sie jemanden kennengelernt. Einen Mann.“ Die blauen Augen der Baronin verengten sich. „Und deshalb will sie hier nicht weg. Was weißt du, Sophie?“

„I...ich?“, stammelte Sophie. „Ich weiß gar nichts. Wo sollte Luise denn jemand kennengelernt haben, wir waren doch schon seit

Monaten bei keiner Einladung", fügte sie hinzu und war erleichtert über diesen Geistesblitz im richtigen Augenblick.

Die Baronin nickte. „Da hast du Recht. Vielleicht hat die Freude sie einfach überwältigt. Warten wir ab, was sie morgen sagt." Sie griff an ihre Stirn. „Oh, ich spüre wie meine Migräne beginnt. Entschuldigt, ich muss mich hinlegen."

Sie rauschte aus dem Zimmer und ließ Sophie mit dem Baron zurück. Die beiden schwiegen eine Weile. Dann legte der Baron den Brief auf den Tisch. „Ich habe gleich gewusst, dass es keine gute Nachricht ist", sagte er seufzend.

Am nächsten Tag musste die Baronin zur Kenntnis nehmen, dass Luise bei ihrer strikten Ablehnung blieb. Wenn man sie nach Wien bringen wollte, dann nur gefesselt und geknebelt oder in ihrem Leichenhemd. Der Streit steigerte sich solange, bis die beiden Frauen sich lautstark anschrien, ohne sich darum zu kümmern, dass die Bediensteten sich vielsagende Blicke zuwarfen.

Sophie saß in ihrem Zimmer und wartete darauf, dass sich der Sturm legen würde. Sie verstand Luise nicht. Ihre Schwärmerei für diesen windigen Künstler konnte doch nicht so weit gehen, dass sie ihr ganzes Leben wegwarf. Und auch wenn die Motive der Baronin nicht völlig selbstlos waren, so war doch offensichtlich, dass sie nur das Beste für ihre Tochter wollte.

Die Tür wurde aufgerissen und Luise stürzte ins Zimmer. Ohne Sophie zu beachten, warf sie sich auf ihr Bett und begann hemmungslos zu weinen.

„Ich heirate ihn nicht. Niemals. Und wenn sich Mama auf den Kopf stellt“, schluchzte sie verzweifelt.

Sophie setzte sich neben sie und streichelte ihren bebenden Rücken. „Beruhig dich doch, Luise. Denk nur einfach einmal darüber nach.“

„Ich will nicht darüber nachdenken. Ich will ...“, sie schluchzte heftiger. „Ich will Luigi.“

Sophies Hand hielt in der Bewegung inne. „Aber du weißt doch, dass das unmöglich ist. Unsere Eltern werden nie einverstanden sein, wenn du eine solche Mesalliance eingehst."

Luise setzte sich auf, stieß Sophies Hand zur Seite und zog ein Taschentuch aus der Manschette ihres Kleides. Damit putzte sie sich lautstark die Nase. „Das ist mir egal", erwiderte sie mit fester Stimme. „Ich will ihn und ich werde ihn bekommen."

Die eiserne Entschlossenheit hinter diesen Worten verwandelte Sophies Magen in einen harten Klumpen. „Luise, du weißt nicht, was du da sagst", flüsterte sie beklommen.

„Oh doch", sagte die Schwester und griff nach Sophies Schultern. „Du wirst mich verstehen, wenn du selbst verliebt bist."

„Was hast du vor?", fragte Sophie und wünschte im gleichen Moment, dass sie diesen Satz nicht ausgesprochen hätte, denn sie wollte nicht wissen, was Luise plante.

Luise sah sie schweigend an und schien ihren Zwiespalt zu spüren. „Ich ordne mein

Leben. Und je weniger du davon weißt, umso besser für uns beide.“

Sophies bange Vorahnungen bestätigten sich bereits am nächsten Morgen. Luises Bett war leer. Aus ihrem Schrank fehlten ein paar Kleider, Schuhe und eine große lederne Reisetasche, wie Sophie bei einer raschen Untersuchung feststellte. Ebenso fehlte ihr persönlicher Schmuck.

Unglücklich sank Sophie aufs Bett. Sie musste ihren Eltern die Wahrheit über die Treffen mit Luigi sagen. So wie die Dinge lagen, war ihre Schwester gegen alle Vernunft und gegen jedes bessere Wissen mit dem Maler auf und davon. Die Baronin würde ihr, Sophie, bestimmt Vorhaltungen machen, dass sie nicht schon längst davon erzählt hatte. Der ganze Zorn würde sich über ihr Haupt ergießen, daran zweifelte sie nicht.

Mühsam stand sie auf und ging hinunter in den Salon, wo ihre Eltern schon beim

Frühstück saßen. Mit einem gemurmelten Gruß setzte sie sich. Ihre Mutter betrachtete sie mit hochgezogenen Brauen. „Du siehst nicht wohl aus, Sophie. Fehlt dir etwas?“

Sie fragte nicht nach Luise, weil sie annahm, dass ihre Tochter voller Trotz auf ihrem Zimmer geblieben war.

Sophie hob den Kopf und blickte ihre Eltern an. „Mama, Papa, Luise ist nicht in unserem Zimmer. Ich glaube ... sie ist heute Nacht weggelaufen.“

„Was?“, schrie die Baronin fassungslos.

Das Gesicht des Barons wurde blass und er griff nach der Hand seiner Frau. „Weggelaufen? Wohin sollte sie denn gehen, keiner unserer Nachbarn wird sie so einfach aufnehmen. Du irrst dich sicher, Sophie. Vielleicht ist sie einfach früher aufgestanden und ausgeritten.“

Sophie schütterte bekümmert den Kopf. „Nein, Papa, sie war gestern Abend so fest entschlossen, sich dem Willen der Kaiserin zu widersetzen, dass nur diese eine Möglichkeit bleibt ... und sie ist bestimmt nicht zu unseren Nachbarn gegangen.“

Diese Worte hallten in der einsetzenden Stille. Die Baronin lehnte sich im Sessel zurück, verschränkte die Arme vor der Brust und sagte gefährlich ruhig. „Was weißt du, Sophie?“

Sophie verdrängte das Schuldgefühl, ihre Schwester zu verraten, aber sie wollte um jeden Preis verhindern, dass Luise ihr Leben so einfach an diesen windigen Maler wegwarf. „Vor einigen Wochen haben wir bei unseren Ausritten einen italienischen Maler kennengelernt, der im Dorfgasthof wohnt und Landschaftsbilder malt. Seitdem hat Luise ... haben wir ihn oft in der Umgebung getroffen ...“

Die Blicke der Baronin durchbohrten sie und Sophie kroch förmlich in sich zusammen. „Es war nichts Böses dabei, sie waren nie alleine, aber Luise mochte ihn sehr. Vielleicht hat sie geglaubt ...“

„Du hast gewusst, dass sie sich mit einem dahergelaufenen Strolch trifft und hast uns nichts gesagt?“, schrie die Baronin sie zornig an.

„Ich konnte nicht wissen, dass es ihr so ernst ist. Ich dachte, Luigi zieht wieder weiter und Luise vergisst ihn."

„Luigi?", wiederholte die Baronin böse.

„Luigi Fertonelli", sagte Sophie schnell.

„Friedrich, worauf wartest du noch?", keifte die Baronin. „Sieh zu, dass du sie einholst. Sie können ja noch nicht weit gekommen sein."

„Anettchen ..."

„Willst du deine Tochter einem dahergelaufenen Schmierfink überlassen? Bring sie zurück, dann sehen wir weiter." Die Baronin stieß den Sessel so abrupt zurück, dass er umkippte und rauschte aus dem Zimmer.

Der Baron stand auf. „Weißt du, wo sie hinwollten?"

„Nein, sie hat mir nichts gesagt", erwiderte Sophie unglücklich. „Wirklich, ich wusste nicht, was sie vorhat."

Der Baron kam gegen Mitternacht wieder zurück. Ohne Luise. Müde und erschöpft ließ er sich in einen Lehnsessel fallen. Sophie und ihre Mutter, für die sich der Tag endlos hingezogen hatte, blickten ihn erwartungsvoll an.

„Es gibt keine Spur von den beiden. Luigi Fertonelli hat den Gasthof schon gestern verlassen. Alleine. Er sagte, dass er nach Melk wolle. Aber dort ist er nicht aufgetaucht. Ich habe in allen Poststationen im Umkreis von Weißenfeld nachgefragt, niemand kann sich an ein Mädchen, auf das Luises Beschreibung zutrifft, erinnern. Weder als Alleinreisende noch in Begleitung." Er schloss die Augen. „Es ist, als hätte sie der Erdboden verschluckt."

Schweigen breitete sich im Raum aus.

Die Baronin atmete lautstark aus. „Daran bist nur du schuld, Sophie. Wenn meinem kleinen Mädchen etwas passiert, ist es ganz alleine deine Schuld. Wenn ich das alles gewusst hätte, dann hätte ich dich niemals hierbehalten, ich habe eine Schlange an meinem Busen genährt."

„Anette", rief der Baron scharf. „Du vergisst dich!"

Die Baronin wirbelte herum. „Na und? All die Jahre habe ich diesem Früchtchen ein Heim und eine Familie geschenkt, anstatt sie in ein Waisenhaus zu bringen. Und das ist jetzt der Dank."

Sophie starrte sie an, ohne ein Wort zu verstehen. „Mutter ..."

„Nenn mich nicht so. Ich bin nicht deine Mutter. Ich habe nur eine Tochter und das ist Luise. Du bist ein Kuckucksei, das ich in meiner Güte aufgenommen habe. Niemand weiß, wer deine Mutter ist oder dein Vater. Vermutlich sind sie solches Gesindel wie dieser Maler. Darum hast du auch zu ihm gehalten. Oh, mein armes Kind, meine arme Luise ...", sie brach weinend auf dem Teppich zusammen.

Hilfesuchend blickte Sophie zum Baron. „Papa, das ist doch nicht wahr? Mutter ist verwirrt ..."

„Nenn mich nicht Mutter", kreischte die Baronin.

Der Baron kniete sich neben seiner Frau nieder. „Anettchen, du legst dich jetzt hin. Ich werde Lena sagen, dass sie dir Laudanum bringt. Es ist spät, wir sind alle müde. Morgen unterhalten wir uns." Seine Stimme klang ungewöhnlich fest und die Baronin ließ sich ohne Widerstand an den Armen hochziehen. Er stützte sie und half ihr zur Tür. Über die Schulter sagte er zu Sophie. „Wir reden morgen, Sophie. Am besten, du gehst jetzt auch schlafen. Der Tag war lange für dich."

3

Sophie konnte nicht glauben, was ihr die Baronin gesagt hatte und sehnte den Morgen herbei, der Klarheit bringen sollte. Sie konnte sich auf die wirren Worte ihrer Mutter keinen Reim machen.

Als sie endlich ihren Eltern gegenübersaß, die ebenso übernächtigt wirkten wie sie selbst, fühlte sie, wie sich das kleine bisschen Zuversicht, das sie eben noch empfunden hatte, in Luft auflöste.

Die Baronin, die auf dem Kanapee neben ihrem Mann Platz genommen hatte und sich an seiner Hand festklammerte, fing endlich zu sprechen an.

„Sophie, ich bedauere meine Worte von gestern, ich hätte mich nicht hinreißen lassen dürfen ...“, sie seufzte und versuchte ein Lächeln.

„Aber was passiert ist, ist passiert. Und wir wollen versuchen, den Schaden so gering wie möglich zu halten.“

Sie straffte sich. „Du wurdest zwar in diesem Haus geboren, aber du bist nicht meine Tochter.“ In einigen kurzen Sätzen schilderte sie Sophie die Ereignisse der kalten Winternacht vor 18 Jahren. „Ich wusste, dass ich keine Kinder bekommen konnte und ich wollte Luise eine Schwester geben. Damals konnten wir ja noch nicht wissen, dass es mit Weißenfeld dermaßen bergab gehen würde. Damals hätten wir zehn Kinder großziehen können“, schloss sie bitter und der Baron strich beruhigend über ihren Arm.

Sophie fühlte sich wie betäubt. Sie brachte kein Wort über die Lippen. Dieses Geständnis zog ihr den Boden unter den Füßen weg und nahm ihr alles, von dem sie bisher geglaubt hatte, es ihr Eigen zu nennen.

„Wir haben deine Mutter auf unserem Friedhof beigesetzt, du hast das Kreuz sicher schon gesehen, es steht nur Anna darauf, weil wir nichts weiter von ihr wussten. Nur diesen Namen hat sie uns gesagt und den Namen, den du bekommen solltest. Und dann ist da noch ...“, sie fasste in ihren Rock, „... das hier.“

Auf ihrer flachen Hand hielt sie Sophie einen Ring hin. Mit zitternden Fingern griff das Mädchen danach. Der Ring stellte einen feingearbeiteten Drachen dar, der einen Mondstein in seinen Krallen hielt. Er war aus massivem Silber und sehr schwer. Sein Durchmesser war so groß, dass er auf keinen von Sophies Fingern passte.

„Diesen Ring haben wir bei den Sachen deiner Mutter gefunden. Sonst hatte sie nichts bei sich“, sagte die Baronin wieder. „Ich werde dir eine Kette geben, dann kannst du ihn um den Hals tragen.“

Der Baron, der bisher geschwiegen hatte, meldete sich jetzt auch zu Wort. „Sophie, für uns warst du immer wie eine Tochter und daran wird sich auch in Zukunft nichts ändern. Natürlich wäre es klüger gewesen, uns zu sagen, dass Luise wegen eines anderen Mannes nicht nach Wien gehen wollte. Aber dafür ist es jetzt ohnehin zu spät."

Die Baronin nickte bekümmert. „Ich werde mich daranmachen, der Kaiserin einen Brief zu schreiben ...", sie brach ab und tupfte mit einem Taschentuch ihre Augenwinkel ab.

Sophies Hände schlossen sich um den Ring. Luises Worte fielen ihr ein und sie sagte leise: „Und wenn ich statt Luise nach Wien gehe?"

Der Baron und die Baronin blickten sie an. Sophies Herz schlug bis zum Hals. Sie hätte diesen Gedanken nicht laut aussprechen dürfen, aber wenn sie dadurch ihr Versagen wieder gut machte, wenn ihre Eltern – und nichts anderes waren sie - nicht länger böse auf sie waren, dann wollte sie gerne nach Wien gehen. Es war ihr herzlich egal, wen sie heiratete oder ob sie überhaupt heiratete.

„Ach, Sophie ...", murmelte der Baron. „Das bringt uns Luise nicht wieder zurück."

„Aber wir verlieren nicht das Wohlwollen der Kaiserin", meinte die Baronin sachlich. „Wie du weißt, können wir es uns nicht leisten, uns ausgerechnet jetzt Feinde zu machen."

„Das ist nicht dein Ernst, Anettchen", entgegnete der Baron kopfschüttelnd.

„Warum nicht? Die Kaiserin hat Luise nie gesehen und die Mädchen sind gleich alt. Sie möchte eine Komtess Weißenfeld und die wird sie bekommen."

Der Baron und die Baronin diskutierten noch eine Weile herum, während Sophie still auf ihrem Platz saß. Ohne richtig zuzuhören, wusste sie, wie die Sache ausgehen würde. Ihre Mutter – sie biss sich auf die Lippen – die Baronin bekam immer was sie wollte. Und sie war nicht bereit sich die Chance, selbst nach Wien zu gehen, auch wenn es nur für kurze Zeit war, vereiteln zu lassen.

Ihr Blick fiel auf den schweren Silberreif in ihrer Hand. Das Vermächtnis ihrer Mutter, ihrer wahren Mutter. Der Schlag, den ihr das Geständnis der Baronin zugefügt hatte, hallte noch immer in ihr nach. Alles, was sie bisher als gegeben angenommen hatte, existierte plötzlich nicht mehr. Man hatte ihr nicht nur die Eltern genommen, sondern auch das Fundament ihres Lebens. Sie wusste nicht, wer sie wirklich war. Wo ihre Wurzeln lagen.

Aus diesem Grund war es sogar besser, von hier wegzugehen und ganz neu anzufangen, denn hier gehörte ihr nichts, weder ihr Name noch ihre Vergangenheit.

Natürlich setzte die Baronin ihren Kopf durch. Allerdings war der Baron diesmal nicht bereit, seine Verstimmung zu verbergen. Er stellte klar, dass er die Pläne seiner Frau für Betrug hielt und dass er nicht bereit war, sie in irgendeiner Weise zu unterstützen. Wenn sie nach Wien gehen wollte, dann sollte sie das tun, aber er würde hier in Weißenfeld bleiben.

So kam es, dass vier Wochen später eine zwar altmodische, aber mit Gepäckstücken schwer beladene Kutsche das Schloss in

Richtung Wien verließ. Außer der Baronin und Sophie saß noch Lena in dem schwankenden Gefährt. Die Depeschen, die zwischen der Hofkanzlei und Weißenfeld ausgetauscht worden waren, hatten die Einzelheiten der geplanten Hochzeit festgelegt. Auf diese Weise erfuhr Luise auch den Namen ihres zukünftigen Gatten. Graf Alexander von Karlesky. Ihr sagte der Name natürlich nichts, aber sie kannte ja überhaupt niemanden in Wien. Sie fragte die Baronin, aber die zuckte nur die Schultern und murmelte: „Irgendein Höfling, ich kann mich nicht an alle Namen erinnern."

Trotz dieser Behauptung wurde Sophie das Gefühl nicht los, dass die Baronin mit dem Namen Karlesky sehr wohl etwas anzufangen wusste, ihr aber nichts Genaueres sagen wollte. Doch Sophie fragte nicht nach. Was änderte es, wenn sie erfuhr, dass dieser Karlesky alt oder schwachsinnig oder beides war? Sie würde ihn heiraten, das war beschlossene Sache.

Graf Karlesky besaß ein Stadthaus und ein Gartenpalais in der Hauptstadt. Sie sollten im

Stadthaus untergebracht werden, während das Gartenpalais für die Hochzeitsfeier hergerichtet wurde. Der Termin für die Zeremonie war auf den Sonntag, der ihrer Ankunft in Wien folgte, festgesetzt worden. Es war keine Verlobungszeit vorgesehen. Sophie wunderte sich zwar über dieses überstürzte Vorgehen, aber wenigstens konnte sie deshalb nicht in Schwermut über ihr künftiges Schicksal versinken.

Die Baronin hatte Luises eisern zusammengehaltene Aussteuer für Sophie umändern lassen und schilderte ihr das Leben in Wien in den leuchtendsten Farben. Bei diesen Themen war ihre Migräne wie weggeblasen und ihre Augen strahlten, sobald sie anfing, Anekdoten von ihrer Zeit als Hofdame zu erzählen.

Sophie lauschte geduldig. Sie hätte sich mehr dafür interessiert, wie der Graf von Karlesky aussah, womit er sich beschäftigte und in welchem Verhältnis er zur Kaiserin stand, dass ausgerechnet sie eine Frau für ihn suchte.

Aber als die Kutsche vor dem breiten Tor des Karleskyhauses hielt, wusste sie von dem

Mann, den sie in knapp drei Tagen heiraten würde, nicht mehr als den Namen.

Zwei Stallknechte eilten hilfsbereit zur Kutsche. Ein Page hielt eifrig den Schlag auf und klappte die Treppe nach unten, damit die Damen aussteigen konnten.

Die Baronin streckte ihren schmerzenden Rücken und auch Sophie war froh, dass die anstrengende Reise ein Ende hatte. Neugierig blickte sie sich um. Das Haus war für ihre Begriffe gigantisch. Drei Stockwerke hoch. Massive Säulen vor dem Tor. Der Hauptflügel schien aus dem vorigen Jahrhundert zu stammen, so trutzig und verwittert, wie die Fassade aussah, während der Anbau auf der rechten Seite neueren Datums war.

Zögernd griff sie nach dem Türklopfer, der den Kopf eines Wassermannes darstellte, der einen Ring im Maul hielt. Ein Diener in grüner Uniform öffnete und blickte sie sehr von oben herab an.

„Ich bin die Baronin Weißensfeld und das ist meine Tochter. Graf Karlesky erwartet uns", sagte die Baronin in einem Ton, der keinen Zweifel offenließ, dass sie gewohnt war, eine Schar Personal zu befehligen.

Der Diener deutete eine Verbeugung an. „Bitte mir zu folgen", schnarrte er. Im Foyer wartete ein anderer Lakai, der ihnen die Mäntel abnahm. Anschließend wurden sie in einen kleinen Salon geführt.

Sophie strich mit ihren Fingern über den kostbaren Brokatbezug der Sitzmöbel und die polierten Oberflächen von Tischen und Kommoden. An den Wänden befanden sich Gobelins und Ölgemälde in kunstvoll verzierten Rahmen. In einer Vase steckten blühende Zweige und von der Decke hing ein Kristallleuchter mit zahlreichen Kerzen.

Alles in diesem Raum lag oder stand an seinem Platz. Die Perfektion, die hier herrschte, war beinahe furchterregend und Sophie fragte sich, ob der Besitzer dieser Schätze wohl ebenso von Perfektion besessen war.

Die Gräfin schenkte der Pracht keinen Blick, sondern sank in einen der imposanten Lehnsessel. Sophie war viel zu aufgeregt, um sich ebenfalls hinzusetzen, sondern wanderte weiter im Zimmer auf und ab.

Als endlich die Tür aufging, drehte sie sich gespannt um und musterte den Mann, der den Raum betrat. Er war groß und schlank, und trug schlichte, aber gut geschneiderte Kleidung. Sein dunkelbraunes Haar wurde im Nacken von einer Schleife zusammengefasst und auf seinem Gesicht lag ein Lächeln, als er auf die Baronin zutrat.

„Baronin Weißenfeld, im Namen des Grafen Karlesky möchte ich Euch recht herzlich hier begrüßen." Er zog die Hand der Baronin andeutungsweise an die Lippen. „Ich bin Bruno Fink, der Sekretär des Grafen und mit den Hochzeitsvorbereitungen befasst."

Mit diesen Worten wandte er sich an Sophie. „Baroness, ich bin erfreut, Euch wohlbehalten hier eingetroffen zu wissen. Hattet Ihr eine anstrengende Reise?"

Sophie schüttelte den Kopf. „Nein, Herr ... Fink. Im Großen und Ganzen nicht. Es lief alles glatt."

„Gut. Ich werde Euch zu den vorbereiteten Zimmern führen und wenn Ihr Euch erfrischt habt, dann zeige ich Euch das Haus." Er verbeugte sich wieder und ging zur Tür.

Die Baronin umfasste die gepolsterte Armlehne des Sessels. „Graf Karlesky ...", begann sie fragend.

„... ist in dringenden Angelegenheiten unterwegs. Wir erwarten ihn morgen zurück", entgegnete Bruno Fink glatt und lächelte gewinnend. In seinen bernsteinfarbenen Augen lag ein warmer Glanz als er Sophie betrachtete. „Ich werde mein Möglichstes versuchen, Euch die Zeit bis dahin zu vertreiben."

Sophie erwiderte sein Lächeln. Sie merkte, dass er sich große Mühe gab, die Peinlichkeit der Situation zu überspielen und wollte es ihm nicht schwerer als nötig machen.

„Vielen Dank, Herr Fink, das ist wirklich sehr freundlich", sagte sie deshalb.

Er öffnete die Tür und verbeugte sich leicht. „Meine Damen, wollen Sie mir bitte folgen.“

Sophie ging an ihm vorbei und fragte sich, welche Angelegenheiten wohl dringlicher waren als eine bevorstehende Hochzeit – noch dazu, wenn es die eigene war. Sie stiegen ein breite, aus rosa Marmor gehauene Treppe hinauf, die zu den Privatgemächern führte. Bruno Fink öffnete die Türen zweier aneinandergrenzender Räume, in die man bereits die Koffer und Reisetaschen gebracht hatte.

Sophie betrat ein in zartem Pastellgrün gehaltenes Zimmer, das von einem mächtigen, weiß lackierten Himmelbett dominiert wurde. Außerdem gab es noch einen zierlichen Schreibtisch mit unzähligen kleinen Laden und Fächern und einen Schrank, der die gesamte Breitseite des Zimmers einnahm.

Sophies Augenmerk aber richtete sich auf eine Schneiderpuppe aus Holz, die mitten im Zimmer stand und auf der ihr Hochzeitskleid saß. Staunend trat sie näher und betrachtete die duftige, weiß-goldene Spitze, die in mehreren

Lagen über schimmernden weißen Satin fiel. In einem der Briefe, die zwischen Wien und Weißenfeld hin und hergingen waren auch ihre Maße mitgeteilt worden, damit sie eine ihrem Rang angemessene Garderobe bekam. Sie hatte sich keine Gedanken über den Begriff „ihrem Rang angemessen" gemacht, und als Bruno Fink die Türen des Schranks öffnete, hielt sie unwillkürlich den Atem an.

Kleider in allen Farben hingen darin. Vorsichtig strich sie mit ihrer Hand über dünne Seide, schweren Satin und weichen Samt. Auch ohne die Gewänder heraus zu nehmen, wusste sie, dass diese Garderobe einer Königin würdig war.

„Gefällt es Euch?", fragte Bruno Fink neben ihr.

Sie blickte ihn an. „Ich habe noch nie so etwas Schönes gesehen."

„Das freut mich, ich habe für jede Gelegenheit zwei oder drei Kleider anfertigen lassen, weil ich Eure Vorlieben nicht kannte. Hier, dieses Jagdkostüm ist nur ein Entwurf, die

Schneiderin kann es jederzeit abändern. Ebenso wie das Hochzeitskleid." Er ging einmal um die Schneiderpuppe herum.

„Habt Ihr auch das Brautkleid ausgesucht?", fragte Sophie, obwohl sie die Antwort schon kannte.

„Ja, die Schneiderin hat Skizzen von französischen Hofschneidern kopiert und mit ihren eigenen Ideen vermischt. Ich hoffe, es trifft Euren Geschmack." Er lächelte sie freundlich an.

Sophie musterte ihn. Er wirkte vertrauenswürdig und entgegenkommend, deshalb wagte sie es die nächste Frage laut auszusprechen. „Graf Karlesky ... hat er auch irgendetwas dazu beigetragen, dass ...", sie wusste nicht, wie sie den Satz beenden sollte und brach ab.

Bruno Fink hörte nicht auf zu lächeln, aber in seine Augen trat ein Ausdruck von Mitleid. „Ich weiß nicht genau, was man Euch erzählt hat. Doch ich offenbare kein Geheimnis, wenn ich Euch sage, dass Graf Karlesky von der Idee einer Heirat nicht angetan ist. Er beugt sich den Wünschen der Kaiserin, das ist alles."

Sophie verschränkte die Arme vor der Brust. Diese Idee war ihr nie gekommen. Sie wusste, dass Frauen gegen ihren Willen verheiratet wurden, aber dass man auch einen Mann zwingen konnte, war ihr neu. Und es erklärte das offensichtliche Desinteresse ihres Bräutigams an allen Belangen, die mit der Heirat zusammenhingen. Es hatte nichts mit ihr persönlich zu tun, dieser Gedanke erleichterte sie.

„Warum wünscht die Kaiserin eine Ehe für den Grafen Karlesky?“, fragte sie dann neugierig.

„Unglücklicherweise war der Graf im letzten Jahr in zwei Duelle verwickelt“, er machte eine Pause und sah Sophie an, die seinen Blick dermaßen ahnungslos erwiderte, dass er schließlich weitersprach. „Duelle sind verboten, allerdings halten sich betrogene Ehemänner nicht an dieses Verbot. Sie sehen in einem Duell die einzige Möglichkeit, ihre verletzte Ehre wiederherzustellen.“

Sophie zog die Brauen zusammen. „Das ist idiotisch. Und der Graf hat diese Männer erschossen?“

„Nein, er hat ihnen nur eine harmlose Wunde zugefügt. Hätte er sie erschossen, dann könnte ihn auch die Kaiserin nicht schützen. Aber so ...“ Er räusperte sich. „... unsere Majestät glaubt an das heilige Sakrament der Ehe, sie sieht darin die Rettung für alle verlorenen Seelen.“

Sophie schwieg, denn auch dieser Gedanke erschien ihr idiotisch. Was sollte sich ändern, wenn ein notorischer Raufbold einen Ring an den Finger bekam? Dann fiel ihr ein, warum der Graf die Duelle ausgetragen hatte und dass er wohl eher ein notorischer Schürzenjäger war als ein Raufbold.

Sie seufzte unbewusst auf.

Bruno Fink wandte sich zum Gehen. „Ich lasse Euch jetzt allein. Ihr könnt Euch frisch machen und umziehen. Ich schicke Mitzi, Eure Kammerzofe, damit sie Euch zur Hand geht.

Wir sehen uns dann später.“ Er verbeugte sich wieder und verließ das Zimmer.

Sophie sank auf das breite Bett und starrte ihr Brautkleid an. Aus heiterem Himmel bemächtigte sich ihr ein Gefühl, das man nur mit Panik beschreiben konnte. Sie saß im Haus eines Mannes, der sie nicht wollte und für den sie vermutlich weniger Wichtigkeit besaß, als die kostbaren Vasen in seinen Salons. Bisher hatte sie immer nur daran gedacht, sich das Wohlwollen der Menschen zu sichern, die sie aufgezogen hatten. Dass sie damit unwiderruflich auch die Weichen für ihr eigenes Leben stellte, fiel ihr in diesem Moment zum ersten Mal auf.

In Weißenfeld waren die Tage dahingelaufen und sie hatte sich über ihre Zukunft keine Gedanken gemacht. Irgendwann würde sie bei einem der ländlichen Feste und Tanzereien jemanden kennenlernen, einen der im Umkreis verstreuten jungen Männer, deren gesellschaftliche Stellung mit der ihrer Familie zusammenpasste. Dann würde sie heiraten, einen eigenen

Haushalt führen und Kinder bekommen. Das taten schließlich alle.

Aber bei all diesen Gedanken war sie nie auf die Idee gekommen, dass ihr zukünftiger Mann sie nicht wollte, womöglich sogar verabscheute, obwohl sie gar nichts dafür konnte.

Die Freude und Aufregung, die sie empfunden hatte, als sie durch die Gassen von Wien zu ihrem neuen Zuhause gefahren war, zerplatze wie eine Seifenblase und übrig blieb eine heftige Verunsicherung. Sie fragte sich, ob dieses Zuhause nichts anderes war als eine Falle, die gerade für sie zuschnappte.

4

Sophie fühlte sich so bedrückt, dass sie auch die amüsanten Anekdoten, die Bruno Fink während der Hausbesichtigung erzählte, nicht aufheitern konnten. Kurz regte sich ihr Interesse, als sie die Ahnengalerie betraten und eine Reihe aristokratischer Gesichter auf sie hinunterblickten. Langsam schritten sie an den Gemälden entlang. „Die Karleskys stehen seit fünf Generationen in den Diensten der Habsburger", erklärte Bruno und blieb vor dem letzten Bild stehen. Ein Mann in Uniform, die von zahlreichen Orden geschmückt wurde, sah sie an. Er mochte um die Vierzig sein und hatte ein schmales, asketisches Gesicht. Um seine Lippen lag ein harter Zug und sie fragte sich, ob dieser Mund jemals lächelte. Da es das letzte Bild war, musste es der gegenwärtige Graf

Karlesky sein, ihr zukünftiger Mann. Ein Schauer huschte über Sophies Rücken. Sie wagte nicht zu fragen, ob das ihr Bräutigam war, aber der Baronin war solche Scheu fremd.

„Ist das mein zukünftiger Schwiegersohn?“, erkundigte sie sich ohne Umschweife und tippte mit dem Zeigefinger auf das Gemälde.

„Das ist Gregor von Karlesky, der Vater von Alexander von Karlesky“, erwiderte Bruno. „In der Galerie hängen nur die verstorbenen Mitglieder der Familie. Das hier ist die Mutter des Grafen, Antonia.“

Die Eltern ihres zukünftigen Mannes waren also beide tot. Sophie betrachtete die Frau in großer Ballrobe, die eine hohe Allongeperücke trug. Der Maler hatte keine einzige Falte in dem schönen Gesicht festgehalten, das Alter war unbestimmbar und der glatte Ausdruck ließ keine Vermutung auf ihren Charakter zu.

„Hier seht Ihr die Schwester des Grafen, Veronika.“ Bruno ging zu einer Nische. Dort hing ein Bild, auf dem ein kleines Mädchen von höchstens fünf Jahren zu sehen war.

„Sie ist schon als Kind gestorben?“, erkundigte sich Sophie voller Mitgefühl. „War sie krank oder gab es ein Unglück?“

Bruno Fink wechselte einen schnellen Blick mit der Gräfin. „Nein, sie war nicht krank. Sie starb bei einem Unfall.“

Bevor Sophie weitere Fragen stellen konnte, öffnete Bruno die Tür zum nächsten Zimmer und begann eine Anekdote über einen der Gobelins zu erzählen.

Beim Abendessen bestritten Bruno Fink und die Gräfin Weißenfeld die Konversation im Alleingang. Sophie stocherte in dem delikaten Ragout nur herum und verfolgte die Gesprächsfetzen mit halben Ohr. Die unbestimmbare Angst, die sie in ihren Krallen hielt, wurde immer stärker.

Auch als sie später in ihrem Zimmer im Bett lag, beruhigte sie sich nicht, sondern wälzte sich von einer Seite auf die andere. An Schlaf war nicht zu denken. Die kalten Augen Gregor von

Karleskys verfolgten sie ebenso wie das zarte rosige Gesicht seiner so früh verstorbenen Tochter. Schließlich hörte sie auf, sich im Bett herumzuwälzen und stand auf. Ein Blick auf die zierliche Porzellanuhr am Kaminsims bestätigte ihr, dass es schon nach Mitternacht war.

Sie entzündete eine Kerze, schlüpfte in ihren Morgenmantel und machte sich auf den Weg in die Bibliothek. Dort würde sie schon etwas Geeignetes finden, um sich die Zeit zu vertreiben.

Das Haus präsentierte sich in völliger Stille und Dunkelheit. Die Dienstboten waren bereits alle zu Bett gegangen. Sophie brauchte eine Weile, um sich zu orientieren und öffnete zweimal die falsche Tür. Als sie endlich in der Bibliothek stand, registrierte sie erfreut, dass sie sich in dem Labyrinth von Gängen und Zimmern doch nicht verlaufen hatte.

Sie nahm die mitgebrachte Kerze und entzündete damit einen dreiarmigen Leuchter. Dann schritt sie die Bücherregale entlang. Sie wusste nicht genau, wonach sie suchte und zog verschiedene Bücher aus den Reihen, mit denen sie sich auf den weichen Teppich setzte, um sie durchzublättern. Gerade als sie einen interessanten Roman gefunden hatte und sich daranmachte, die anderen Bücher zurückzustellen, hörte sie ein Geräusch durch die angelehnte Tür. Schritte.

Hastig stopfte sie die Bücher in die Regale und lauschte weiter. Die Schritte kamen näher und mit ihnen ein eigenartiger Singsang. Dann wurde die Tür aufgestoßen. Instinktiv duckte sich Sophie hinter einen Lehnsessel und blies die Kerzen in ihrem Leuchter aus.

Eine Gestalt torkelte ins Zimmer. Ein Liedchen summend, strebte sie dem kleinen runden Tisch zu, auf dem sich Karaffen und Gläser befanden. Und außerdem die brennende Kerze, die Sophie mitgebracht hatte.

Von ihrem Versteck konnte sie nur hochhackige schwarze Schnallenschuhe, in weiße Seidenstrümpfe gekleidete Waden und bordeauxrote Kniehosen erkennen. Eine Allongeperücke fiel zu Boden, eine mit silbernen Ornamenten bestickte Brokatjacke folgte.

Als sie das Klirren von Glas an Glas hörte, beugte sich Sophie nach vorne. Nur einige Schritte von ihr entfernt stand ein Mann, der gerade einen funkelnden Kristallkelch an den Mund hob. Er hielt mitten in der Bewegung inne und starrte auf die brennende Kerze. Dann drehte er sich um und entdeckte die auf dem Teppich liegenden Bücher.

Er ließ seinen Blick durchs Zimmer wandern. „Wer immer sich hier befindet, tut gut daran, sich zu zeigen." Seine Worte klangen verwischt und Sophie war sicher, dass das Glas in seiner Hand das letzte in einer langen Reihe war.

Im Bewusstsein nichts Unrechtes getan zu haben, stand sie langsam auf und kam hinter dem Lehnsessel hervor. Der Mann betrachtete sie schweigend. Dann nahm er einen Schluck aus dem Glas.

Sie presste das Buch in ihrer Hand an die Brust, als könnte sie es als Schild benutzen und sah unsicher zu ihm hinüber. Sie hatte keine Ahnung, was sie tun oder sagen sollte.

„Ich gehe doch recht in der Annahme, dass wir uns noch nicht vorgestellt wurden?“

„Ja.“ Sie krächzte das Wort und räusperte sich.

„Darf ich dann so frei sein zu fragen, was Ihr in meinem Haus treibt – zu dieser unchristlichen Stunde?“

„Ich bin die Verlobte des Grafen von Karl...“ Sie brach ab und starrte ihn an.

Seine Lippen verzogen sich. „Ach, wie konnte ich darauf nur vergessen ... heute sollte ja meine ungeduldig erwartete Braut eintreffen.“ Er stellte das Glas weg und ließ seinen Oberkörper in der Parodie einer Verbeugung nach vorne fallen. „Graf Alexander von Karlesky, zu Euren Diensten.“

Sie befeuchtete ihre Lippen. „Sophie ...“ Sie bemerkte ihren Fehler zu spät und dachte panisch nach. „Sophie Luise von Weißenfeld.“ Sie knickste und die Absurdität der Situation kam ihr zu Bewusstsein.

Mit großen Augen merkte sie, wie er näherkam und klammerte sich stärker an dem Buch fest. Bevor sie wusste, was er beabsichtigte, hatte er nach ihrem Kinn gegriffen und drehte es zum Licht der Kerze.

„Wie alt seid Ihr?“, fragte er, während seine Augen über ihr Gesicht streiften.

„Achtzehn“, stammelte sie.

„Ihr seht keinen Tag älter als dreizehn aus. Ich dachte schon, die Kaiserin hätte ein Kind gekauft.“ Er ließ ihr Kinn los.

Die Beleidigung, die seine Worte bargen, nicht nur für sie, sondern auch für die ihr unbekannte Herrscherin, machte sie hilflos. Sie suchte nach einer passenden Erwiderung, aber ihr Verstand war wie leergefegt. Deshalb fiel ihr erst nach einer geraumen Weile auf, dass er in den Ausschnitt ihres Morgenmantels starrte. Sie wagte nicht, sich zu bewegen und betrachtete verstohlen sein Gesicht.

Eine entfernte Ähnlichkeit mit dem Gemälde seines Vaters in der Galerie war vorhanden. Allerdings wirkten seine Züge wesentlich weicher und seine vollen Lippen verliehen ihm einen Hauch dekadenter Sinnlichkeit. Die hohen Wangenknochen mit der geraden Nase und dem kurzen Kinn gaben ihm das Aussehen eines Engels. Sein wirres helles Haar milderte die Perfektion seiner Züge nicht, sondern erhöhte sie. Sophie war sich sicher, niemals zuvor einen schöneren Mann gesehen zu haben.

Er hob die Hand und berührte den Ring, den sie an einer dünnen Kette um den Hals trug. „Was ist das?"

Seine Worte klangen nicht länger verwischt, sondern kristallklar und die silbergrauen Augen durchbohrten sie mit unerbittlicher Schärfe. Die heitere Nachlässigkeit war völlig aus seiner Haltung verschwunden.

Sophies Herz schlug bis zum Hals. „Ein ... ein ... Schmuckstück, das ich auf dem Jahrmarkt gekauft habe. Leider ist es mir zu groß und ich wollte den Ring enger machen lassen ..."

„Das ist kein Problem." Ehe sie auch nur mit der Wimper zucken konnte, hatte er die Finger um den Ring geschlossen und riss ihn samt der Kette ab. Das Ganze passierte so schnell, dass sie weder Schmerz verspürte noch ihn an seinem Tun hindern konnte.

Ihre Finger flogen zu ihrem Hals, aber er hielt den Ring bereits in seiner Hand.

„Ich werde mich darum kümmern", sagte er leise und in seiner Stimme schwang ein kaum spürbarer, jedoch sehr bedrohlicher Unterton mit.

Verwirrt machte sie einen Schritt von ihm weg. Irgendetwas Wichtiges hatte sich in diesem Augenblick ereignet, das sagte ihr ihre Intuition, aber sie konnte nicht begreifen, was es war.

Er blickte auf das Schmuckstück in seiner Hand, dann drehte er sich um und hob die auf dem Boden liegende Jacke auf. „Ich wünsche Euch eine geruhsame Nachtruhe, Baroness." Mit diesen Worten verließ er den Raum und Sophie blickte ihm verstört nach.

Der Hochzeitsmorgen war da, aber Sophie hatte den Grafen seit ihrem nächtlichen

Zusammentreffen nicht wiedergesehen. Sämtliche Dienstmädchen und Kammerzofen wurden damit beschäftigt, sie in eine präsentable Braut zu verwandeln. Ihr bereits am Vortag gewaschenes Haar wurde gebürstet, bis es glänzte und dann auf ihrem Kopf aufgetürmt. Das Mieder, in das man sie einschnürte, ließ ihre Taille unglaublich schmal wirken und der Reifrock war so breit, dass sie sich zur Seite drehen musste, um durch die Zimmertüren gehen zu können.

Der Spitzenschleier und die in ihrem Haar verteilten Schmuckstücke zogen ihren Kopf nach hinten. Als dann noch eines der Mädchen hochhackige Satinslipper brachte, deren Absätze mit Edelsteinen besetzt waren, fragte sich Sophie ernsthaft, wie sie in dieser Ausstattung das Gleichgewicht halten sollte.

Die Baronin betrat den Raum. Sie trug ebenfalls ein hochmodisches Kleid aus türkisfarbener Seide, das am Dekolleté und den Ärmeln verschwenderisch mit Brüssler Spitze garniert war. Wohlwollend betrachtete sie Sophie.

„Du siehst wirklich entzückend aus, mein Kind. Die Kutsche wartet bereits unten."

Die Zofen begleiteten Sophie zum Wagen und halfen ihr beim Einsteigen. Nachdem die voluminösen Röcke im Inneren verstaut waren, setzte sich die Kutsche in Bewegung.

Ohne großes Interesse blickte Sophie aus dem Fenster und betrachtete die imposanten Häuser und Palais, an denen sie vorbeifuhren. Langsam begriff sie, dass diese riesige Stadt in Zukunft ihre Heimat sein würde und der Gedanke erfüllte sie mit Angst. Sobald die Baronin abreiste, war sie ganz allein hier.

Vorsichtig spähte sie zur ihr hinüber. Ihre Wangen waren gerötet und ihre Augen blitzten aufgeregt. Sie genoss das Schauspiel hier ganz ohne Zweifel und das machte Sophie Mut, denn die Baronin würde sicher so lange hierbleiben wie nur irgend möglich.

Die Kutsche hielt vor einer Kirche in der Innenstadt. „Wir sind da", sagte die Baronin und raffte ihre Röcke. „Das ist die Augustinerkirche, eine der schönsten Kirchen der Stadt."

Die Türen wurden geöffnet und die Treppe ausgeklappt. Zahlreiche Hände streckten sich Sophie entgegen, um ihr zu helfen. Mit einiger Anstrengung stand sie schließlich im Freien und blickte sich um.

Kutschen reihten sich dicht an dicht auf dem Platz, auf dem sich eine Menge Schaulustiger versammelt hatten. Auch in dieser Stadt war man dankbar für jede Abwechslung. Mit Pfiffen und Gejohle empfingen sie die Brautkutsche und begannen zu klatschen, als sie Sophies eleganter Erscheinung ansichtig wurden.

Bruno Fink eilte herbei. Er überreichte Sophie den Brautstrauß und verbeugte sich. „Baronin, Baroness, alles ist bereit und man wartet nur mehr auf Euch." Er lächelte Sophie beruhigend an. „Ich bin Euer Brautführer und habe die Ehre, Euch auf dem Weg zu Eurem Bräutigam zu begleiten."

Sie nickte und legte die Hand auf seinen Arm. Gefolgt von der Gräfin Weißenfeld schritten sie zum Portal der Kirche. Ein roter Teppich führte durch das Mittelschiff bis zum

Altar und tosende Orgelmusik setzte ein, als sie die Kirche betraten.

Die Bänke waren bis auf den letzten Platz besetzt. Sophie bemerkte lächerliche Kleinigkeiten, wie eine erloschene Kerze oder ein zu Boden gefallenes Gebetsbuch. Sie spürte die Blicke der Anwesenden und war froh, dass der dichte Schleier ihr Gesicht verbarg.

Vor dem Altar hatte man eine Kniebank und zwei Sessel, die mit rotem Samt bezogen waren, aufgestellt. Neben einem dieser Sessel stand der Graf von Karlesky, auf den sie mit langsamen und gemessenen Schritten zuging.

Die Endgültigkeit der Situation kam ihr plötzlich zu Bewusstsein und nahm ihr den Atem. Wenn die Trauung einmal vorbei war, dann war sie für den Rest ihres Lebens an einen Mann gekettet, der ihr recht deutlich gemacht hatte, dass er auf eine Ehefrau nicht den allergeringsten Wert legte. Ihre Hand klammerte sich an Bruno Finks Arm fest und sie musste sich zwingen, einen Fuß vor den anderen zu setzen.

Der Graf blickte ihr entgegen. Er war völlig in Weiß gekleidet, sogar die Schnallenschuhe an seinen Füßen glänzten in dieser Farbe. Als sie näher kam bemerkte sie, dass man ihn – ebenso wie sie selbst – entsprechend der herrschenden Mode geschminkt hatte. Das Rouge auf seinem Gesicht betonte die gemeißelten Wangenknochen ebenso wie zwei Schönheitspflästerchen. Die mit Kohlestift umrandeten Augen blickten ihr unverwandt entgegen und auf den unnatürlich roten Lippen lag nicht einmal der Anflug eines Lächelns.

Bruno Fink blieb mit einer kleinen Verbeugung vor dem Grafen stehen und hielt ihm seinen Arm entgegen, auf dem noch immer Sophies Hand lag.

Karlesky nahm ihre Hand und durch die dünnen Handschuhe konnte sie die Wärme seiner Haut fühlen. Aus den Augenwinkeln sah sie, wie Bruno zurücktrat und sich auf einen Platz in der ersten Reihe setzte.

Die Orgelmusik verklang und sie kniete sich neben ihrem zukünftigen Gatten auf den roten

Samt. Der Pfarrer begann mit der liturgischen Handlung, doch die Worte rauschten an ihr vorbei und sie agierte wie eine an Fäden gezogene Puppe. Aufstehen, hinsetzen, hinknien, aufstehen.

Ein Ministrant brachte schließlich den Silberteller mit dem geweihten goldenen Ring, der sie für den Rest ihres Lebens zur Gräfin Karlesky machen würde.

„Und so frage ich dich, Sophie Luise von Weißenfeld, willst du den Grafen Alexander Clemens Ferdinand von Karlesky zu deinem Mann nehmen, ihn lieben und ehren und achten und ihm gehorchen bis dass der Tod euch scheidet?“

Sie blickte durch den Schleier zu ihm auf. Wieder wurde ihr mit schmerzender Klarheit bewusst, dass sie ihr Schicksal in die Hände dieses Unbekannten legte. In der Stille wurde vereinzeltes Husten und Räuspern laut.

Der Graf erwiderte ihren Blick unbewegt und sie begriff, dass es ihm völlig gleichgültig war, ob sie ja sagte oder nicht. Vermutlich wäre es ihm sogar am liebsten, wenn sie sich umdrehen und aus der Kirche stürzen würde.

Die Angst und Unsicherheit wich einem Gefühl von Zorn, das sie plötzlich mit ungeahnter Kraft erfüllte. Sie straffte sich und sagte mit lauter, fester Stimme: „Ja, ich will."

Gleichzeitig streifte sie den Handschuh ab und hielt ihm ihre Hand mit abgespreizten Fingern entgegen. Die Entschlossenheit, die in dieser Geste sichtbar wurde, blieb ihm nicht verborgen und sie hätte schwören können, dass sein Mundwinkel zuckte.

Als er nach dem Ring griff und dann nach ihrer Hand, war der gleichgültige Ausdruck wieder auf sein Gesicht zurückgekehrt, und Sophie fragte sich, ob sie sich das alles nicht nur eingebildet hatte.

Seine Finger strichen langsam über die ihren und als er den Ring ansteckte, beschrieb der Daumen seiner anderen Hand eine Spirale auf ihrer Handfläche. Diese unverfrorene, für alle anderen unsichtbare Liebkosung brachte ihre

Wangen zum Glühen und ihren Körper zum Vibrieren.

Hastig zog sie ihre Hand weg und streifte den Handschuh über. Die Orgelmusik brauste wieder auf und gab damit das Zeichen, dass die Zeremonie zu Ende war.

Sie standen sich noch immer gegenüber. Der Graf – ihr Mann! – nahm das Ende des Schleiers und hob ihn über ihren Kopf. Was nicht weiter schwierig war, da er sie um Haupteslänge überragte, aber ihr wurde bei dieser Bewegung zum ersten Mal bewusst, dass er zu den wenigen Männern gehörte, die größer waren als sie selbst.

Er blickte in ihr Gesicht und einen Moment dachte, nein, fürchtete sie, dass er sie küssen würde. Aber er tat nichts dergleichen, sondern zog ihren Arm unter seinem durch und schritt die Stufen vom Altar hinunter. Unter tosender Orgelmusik verließen sie die Kirche und stiegen in die wartende Kutsche.

Im Haus des Grafen war bereits alles für den Empfang und das anschließende Dîner vorbereitet. Während der Fahrt hatte der Graf geschwiegen und er hörte damit auch nicht auf, als sie die Kutsche verließen. Zwar half er ihr beim Aussteigen und führte sie auch durch das weit geöffnete Portal des Hauses, aber Sophie war sicher, dass er das nur wegen der umstehenden Zuschauer tat.

Im Foyer des Hauses hatten die Dienstboten Aufstellung genommen und Ludwig, der Majordomus, trat ihnen entgegen. „Im Namen der Bediensteten möchten wir Euch hier willkommen heißen, Gräfin Karlesky. Mögen Glück und Gesundheit Eure ständigen Begleiter sein."

Sophie lächelte gerührt. „Ich danke Ihnen, Ludwig, Ihnen allen, die dazu beigetragen haben, dass diese Feier gelingen konnte. Und ich freue mich, in Zukunft einen Haushalt leiten zu dürfen, der so hervorragend funktioniert."

Sie schritt die Reihe der Dienstboten ab und reichte jedem die Hand. Diese Geste löste Erstaunen aus, wie sie bemerkte, aber schon bald wurde ihr Lächeln erwidert und in den Gesichtern zeigte sich ein Ausdruck von Respekt.

Bevor sie die Aufwartungen der geladenen Gäste entgegennahmen, hatte Sophie Gelegenheit, sich frisch zu machen und den schweren Schleier abzulegen. Dann stand sie neben ihrem Mann und schüttelte die Hände der Gäste. Der Bekanntenkreis des Grafen schien riesig und setzte sich, wie Sophie schnell begriff, aus der Creme de la Creme der Wiener Gesellschaft zusammen. Exquisit gekleidete Menschen jeden Alters gehörten dazu, die ihr gratulierten und sie wohlwollend betrachteten.

Der Graf stellte ihr jeden von ihnen mit einigen Worten vor, aber sie konnte sich die Namen und Einzelheiten unmöglich alle merken und schon bald rauschte seine Stimme an ihren Ohren vorbei.

Über zwei Stunden dauerte das Defilee und Sophies Beine schmerzten, als sie endlich in den Ballsaal gingen, wo bereits ein Orchester leise Musik spielte.

Sie eröffneten den Tanz mit einem Menuett, dessen Schritte ihr Bruno in den letzten Tagen beigebracht hatte. Während sie tanzten, entdeckte ihn Sophie im Gespräch mit einer Frau, die ein gelbes, kunstvoll besticktes Kleid und reichlich Schmuck trug.

Nach und nach betraten auch die anderen Gäste die Tanzfläche. Diener trugen silberne Tabletts mit gefüllten Champagnerkelchen herum und der Raum vibrierte vor Gelächter und halblauten Stimmen.

Nachdem das Menuett zu Ende war, brachte der Graf Sophie zu ihrer Mutter, die auf einem Canapé thronte und alles im Auge behielt. Affektiert fächelte sie sich mit einem kunstvoll bemalten Elfenbeinfächer Luft zu. „Meine liebe Sophie, hab' ich dir zu viel versprochen? Schau dich nur um, die Kleider, der Schmuck alles ist erstklassig. Das ist dein zukünftiges Leben ..." Sie dämpfte ihre Stimme, „... das Leben, das Luise einfach weggeworfen hat."

Sophie senkte den Kopf. Tief in ihrem Herzen hoffte sie für Luise, dass sie glücklicher war als sie selbst. Aber sie hörte sehr wohl den Vorwurf in der Stimme Gräfin. „Ja, das ist wirklich bedauerlich.“

Anette von Weißenfeld bewegte den Fächer schneller in ihrer kleinen Hand. „Aber nicht zu ändern. Hör mir zu, Sophie. Ich habe mit Karlesky gesprochen wegen meines weiteren Aufenthalts in Wien.“ Sie seufzte. „Er ist nicht gerade entgegenkommend, deshalb werde ich innerhalb der nächsten Tage nach Weißenfeld zurückkehren.“

Sophie unterdrückte die aufsteigende Angst, ganz alleine hier zu bleiben und nickte beklommen. „Das ist schade.“

„Aber ich habe eine andere Abmachung mit Karlesky getroffen. Die Mitgift, die dir die Kaiserin in Aussicht gestellt hat, wenn du seine Frau wirst, geht an die Familie Weißenfeld.“

Ungläubig blickte Sophie die Gräfin an. „Wie bitte?“

„Er braucht das Geld nicht. Ich habe ihm klargemacht, dass es angesichts der Mühen, die diese plötzliche Heirat für uns alle bedeutet, nur ein gerechter Ausgleich ist.“

Noch immer fassungslos sagte Sophie: „Du hast mich also verkauft, Mutter.“ Die Worte des Grafen in der Bibliothek bekamen eine ganz neue Bedeutung.

Die Gräfin klappte den Fächer zu und schlug Sophie damit auf den Arm. „Ich habe aus deinem Leben das Beste gemacht, was in Anbetracht der Umstände möglich war. Der Graf wird dir heute die Mitgift der Kaiserin geben und du bringst sie mir morgen früh. Dann werde ich alles für meine Abreise vorbereiten.“

Bruno Fink erschien vor dem Canapé und lächelte Sophie freundlich an. „Ich hoffe, Ihr gewährt mir die Ehre eines Tanzes, bevor wir uns zu Tisch begeben.“

Sophie sprang hastig auf. Der Vorwand kam ihr gerade recht, um ihre Mutter zu verlassen. „Natürlich, gerne.“

Sie versuchte, die Worte der Gräfin zu vergessen, aber das war schwieriger, als sie gedacht hatte. Ihr Tanzpartner plauderte zwar charmant, und sie lächelte ihn an, doch in Wahrheit hatte sie keine Ahnung, worüber er sprach. Die Tatsache, dass die Baronin sie wahrsten Sinne des Wortes verkauft hatte, ließ ihr keine Ruhe. Ihre Augen huschten ruhelos über die Menge und dann wurde sie plötzlich von ihren dunklen Gedanken abgelenkt.

Im Torbogen zum Ballsaal stand ein Mann. Er mochte um die Fünfzig sein und war so prunkvoll gekleidet, dass es sogar in diesem festlichen Rahmen auffiel. Seine hochgewachsene Gestalt erregte einiges Aufsehen und die anderen Gäste tuschelten aufgeregt, sobald er außer Hörweite war.

Er durchquerte den Raum in einer Weise, die bewies, dass er sich seines Ranges mehr als bewusst war. Gelegentlich blieb er stehen und wechselte ein Wort mit den Anwesenden, aber sein Ziel war für alle erkenntlich: Graf Alexander Karlesky, der in einer Gruppe Männer am anderen Ende des Saales stand und keine Anstalten machte, den Neuankömmling zu begrüßen.

„Wer ist das?“, fragte Sophie neugierig.

Bruno Finks Lippen pressten sich für den Bruchteil einer Sekunde zusammen. „Fürst Walderstett. Er und der Graf sind nicht gerade das, was man Busenfreunde nennt. Ich kann mich nicht erinnern, ihn schon einmal hier gesehen zu haben. Und ganz sicher steht er nicht auf der Gästeliste.“

Sophie bahnte sich ihren Weg durch die Menge und Bruno Fink folgte ihr. Neben dem Grafen blieb sie stehen. Er sagte nichts, aber sie merkte, dass jeder Zoll seines Körpers angespannt war wie eine Bogensehne, als er dem Mann entgegenblickte.

„Karlesky, welche Freude Euch so glücklich zu sehen“, näselte der Fürst und blieb stehen. Seine tiefliegenden dunklen Augen unter den dicken schwarzen Brauen streiften Sophie. „Und das ist wohl die neue Gräfin?“

Er verbeugte sich schwungvoll und zog Sophies Hand andeutungsweise an die Lippen. „Mein Freund Karlesky kann sich wirklich glücklich preisen, dass ein solch bezauberndes

Geschöpf ihm die Gnade erweist, den Platz in den himmlischen Gefilden zu verlassen, um fortan an seiner Seite zu weilen."

„Ich schätze es in der Tat sehr, Walderstett, dass Ihr mir persönlich Eure Aufwartung macht", entgegnete der Graf ruhig. „Noch dazu, weil ich weiß wie schwer beschäftigt Ihr seid." Er wandte sich an Sophie. „Das ist der Fürst von Walderstett, meine Liebe, ein langjähriger Freund der Familie Karlesky, nicht wahr, Richard?"

Ein träges, böses Lächeln spielte um die Lippen des Fürsten. „Ja, mein lieber Alexander, ich denke, diese Vorstellung ist durchaus richtig. Und ich habe auch die Absicht, Euer Freund zu werden, Gräfin."

Sophie zwang sich zu einer höflichen Floskel. „Die Freunde meines Mannes sind auch meine Freunde."

„Mich als Euren Freund zu betrachten, damit erweist Ihr mir wirklich eine große Ehre, Gräfin. Ich würde unsere Konversation gerne noch vertiefen, allerdings habe ich für heute

Abend bereits andere Verabredungen getroffen, die meine Anwesenheit erfordern. Aus diesem Grund muss ich mich auch schon wieder verabschieden. Aber ich bin sicher, wir treffen uns wieder, Gräfin." Er beugte sich erneut über Sophies Hand. Als er sich aufrichtete, sagte er zum Grafen. „Ich nehme an, Ihr werdet zum Sommerfest der Kaiserin in Schönbrunn erscheinen, Karlesky?"

„Ja, die Gräfin wird bei Hof vorgestellt."

„Gut, dann werden wir uns spätestens dort wiedertreffen."

Sophie nickte und zwang ein Lächeln auf ihre Lippen. In ihren Ohren klang Walderstetts einfacher Satz wie eine Drohung.

5

Mitternacht war längst vorbei, als der Graf nach Sophies Hand griff. „Madame, wir werden uns jetzt zurückziehen."

Mit hochroten Wangen ging Sophie an der Seite ihres Mannes durch den Ballsaal. Sie fühlte die Augen der Anwesenden auf sich gerichtet, die zweifellos alle wussten, was jetzt hinter verschlossenen Türen zwischen ihr und dem Grafen passieren würde.

In ihrem Zimmer wartete bereits Mitzi, um sie für ihre Hochzeitsnacht vorzubereiten. Sie half ihr in ein dünnes, weißes Leinennachthemd, das zu Sophies Erleichterung ihren Körper zur Gänze verhüllte. Dann bürstete Mitzi ihr das Haar, bis es glänzend auf ihre Schultern fiel.

Sophie betrachtete ihr Gesicht im Spiegel auf der Kommode. Ihre Wangen waren noch immer gerötet und ihre Augen schimmerten groß und dunkel. Sogar sie selbst konnte die Angst darin erkennen.

Mitzi legte die Bürste zur Seite und knickste. Sophie nickte ihr zu und dann war sie alleine. Im Spiegel hinter sich sah sie das riesige Bett mit der zurückgeschlagenen Decke und da sie sich an die gestammelten Worte der Baronin Weißenfeld erinnerte, was die ehelichen Pflichten betraf, erschien es ihr plötzlich dunkel und bedrohlich.

Sie griff nach dem grünseidenen Morgenmantel und zog ihn über, aber auch dadurch verlor sie nicht das Gefühl der Kälte, das sich in ihr ausbreitete.

Die Uhr auf dem Kaminsims tickte laut und beruhigte ihre flatternden Nerven nicht. Schließlich stand sie auf und begann im Zimmer hin und herzugehen.

Mit einem leisen Klicken wurde die Tür hinter ihr geöffnet und sie drehte sich um. Der

Graf stand ihr gegenüber. Er hatte seine Brokatjacke ausgezogen und das Jabot seines Hemdes stand offen. Unter der dem Arm trug er eine Schatulle.

„Madame, hier bringe ich den Lohn für all Eure Mühen. Ich bin sicher, dass Eure Mutter bereits sehnsüchtig darauf wartet." Seine Stimme klang ausdruckslos und die Geste, mit der das kleine Kästchen auf den Tisch stellte, wirkte geradezu provozierend gleichgültig.

Sophie trat näher und er stieß den Deckel auf. Gebannt blickte sie auf die im Kerzenschein glänzenden Goldmünzen. Vorsichtig streckte sie die Hand aus und berührte das kalte Metall.

„So viel?", stammelte sie überwältigt.

„Wir werden ja bald wissen, ob die Kaiserin zu viel bezahlt habt, oder ob Ihr Euren Preis wert seid."

Sophies Blick flog zu seinem Gesicht. Seine Züge waren so glatt und teilnahmslos wie die einer Statue. Die flackernden Schatten unterstrichen die feine Knochenstruktur seiner Züge und erinnerten sie einmal mehr an einen marmornen Engel. Sein Haar war noch heller als das von Luise. Sie fragte sich, wie ein so perfektes Geschöpf so bösartige Worte aussprechen konnte.

„Warum beleidigt Ihr mich, Graf Karlesky? Zu einer Ehe gehören zwei. Wenn der Gedanke so große Abscheu in Euch auslöst, warum habt Ihr Euch dann einverstanden erklärt, mich zu heiraten?“ Sie war stolz darauf, dass ihre Stimme ruhig und beherrscht klang, obwohl sie innerlich vor Angst zitterte.

Er betrachtete sie. „Ich bin nicht in der Position, die Wünsche der Kaiserin zu ignorieren. Wie Ihr sicher wisst, klebt am Namen meiner Familie eine Menge Schmutz, den die Kaiserin huldvoll zu übersehen geruht. Aber auch ihre Geduld ist nicht unerschöpflich.“

Sie hatte keine Ahnung, wovon er sprach, aber der Augenblick schien nicht dazu geeignet, ihr Klarheit zu verschaffen, denn er streckte den Arm aus und nahm eine Strähne ihres Haares zwischen seine Finger.

„Aber das tut nichts mehr zur Sache, Madame, wir sind vor den Augen Gottes und der Welt Mann und Frau. Nichts wird daran etwas ändern, also widmen wir uns den Annehmlichkeiten des Ehelebens.“

Seine Stimme hatte jetzt einen samtigen, warmen Ton und seine Finger strichen ihr Haar beiseite. Dann beugte er sich vor und küsste sie leicht auf den Hals.

Sophie machte einen Satz zur Seite und warf vor lauter Panik die Kristallflakons um, die auf dem Frisiertischchen standen. Sie fielen zu Boden und rollten über den weichen Teppich.

Der Graf hob die Augenbrauen und blickte Sophie an, aber er sagte kein Wort, sondern wartete darauf, dass sie zu sprechen anfing.

Sophie schluckte nervös. „Es tut mir leid ... ich kann nicht ... nicht so schnell ...“, stammelte sie verzweifelt und flehte innerlich darum, dass er verstand und sie nicht auf das riesige Bett werfen würde, um die Ehe zu vollziehen. Das Recht dazu hatte er natürlich und sie war nicht stark genug, um sich gegen ihn zu wehren. Aber sie wusste, dass sie ihm das nie verzeihen können würde.

Er steckte die Hände in die Hosentasche und schwieg. Sein Blick glitt zu einem der an Wand hängenden Bilder. „In meinem Haus befinden sich viele Dinge, die ein Vermögen gekostet haben und die ich noch kein einziges Mal berührt habe." Sein Blick kehrte zu ihr zurück. „Auf eines mehr oder weniger kommt es nicht an, Madame."

Er verbeugte sich und ging zur Tür. Trotzdem kam Sophie nicht dazu, Erleichterung zu empfinden, denn er drehte sich noch einmal zu ihr um. „Allerdings möchte ich Euch über eines nicht im Unklaren lassen, Madame: nur weil ich mir ein mir zustehendes Recht nicht mit Gewalt nehme, heißt das nicht, dass ich darüber hinwegsehen werde, wenn Ihr dieses Recht jemand andern gewährt. Haben wir uns verstanden?"

Der Blick, mit dem er sie ansah, hätte die Hölle zufrieren lassen können, doch Sophie nickte hastig, erleichtert eine Klippe umschifft zu haben. Das Letzte, wonach ihr der Sinn stand, war ein Techtelmechtel mit einem anderen Mann.

„Gut. Wir brechen in den nächsten Tagen nach Schönbrunn auf. Ihr werdet dort eine Menge Bekanntschaften schließen. Deshalb wünsche ich nicht, dass Ihr über meine Gesinnung auch nur den geringsten Zweifel hegt.“

Die Tür fiel hinter ihm ins Schloss und Sophie sank erleichtert auf das breite Bett, das in dieser und allen kommenden Nächten ihr ganz alleine gehören würde.

6

Am nächsten Morgen traf Sophie die Baronin Weißenfeld beim Frühstück im chinesischen Salon. Ohne weiteren Kommentar stellte sie die Schatulle mitten auf den Tisch.

„Sophie, das ist wirklich sehr nett von dir", sagte die Baronin und strich mit den Fingerspitzen über das Kästchen.

„Möchtest du nicht nachzählen?", erkundigte sich Sophie ironisch.

„Es besteht kein Grund, sarkastisch zu sein, jeder von uns zieht aus der Lage einen Vorteil", antwortete die Baronin kühl.

Sophie enthielt sich eines Kommentars und griff nach der Kaffeekanne. Im Haus des Grafen wurde echter Bohnenkaffe und echte Schokolade serviert anstelle von Eichelkaffee und sie war über sich selbst entsetzt, wie schnell sie sich an derartigen Luxus gewöhnt hatte.

„Ich habe bei Durchsicht deiner Garderobe festgestellt, dass du bereits eine Hofrobe besitzt und deiner Vorstellung also nichts im Wege steht“, sagte die Baronin im spürbaren Bemühen, das Thema zu wechseln.

Sophie spielte mit dem silbernen Löffel. „Was ist passiert, dass die Familie Karlesky ihren guten Ruf verloren hat?“

Die Baronin rührte angelegentlich ihn ihrer Tasse. „Liebes Kind, ich weiß darüber wirklich nichts.“

„Das glaube ich dir nicht. Ich habe bemerkt, wie du mir immer ausgewichen bist, wenn ich irgendwelche Fragen über die Vergangenheit des Grafen gestellt habe. Und ich habe die Blicke gesehen, die du mit Bruno Fink in der Galerie gewechselt hast. Ich bin mit dem Grafen Karlesky verheiratet, ich trage diesen Namen und ich habe dir zu einem nicht unwesentlichen Vermögen verholfen, Anette. Ich denke, es ist an der Zeit, dass du dich revanchierst.“

Erstaunt blickte die Baronin Sophie an. Solche Worte war sie von dem Mädchen nicht gewohnt und auch nicht die Anrede, die ihr klar machte, dass Sophie sich bewusst war, ihr jetzt ebenbürtig zu sein.

„Ich höre, Anette."

Die Baronin verschränkte die Hände im Schoß und lehnte sich im Sessel zurück. „Es gab einen Skandal um den alten Grafen. Er war ein hochrangiger Offizier im militärischen Dienst des Kaisers und übergab Geheimdokumente an den Feind. Als man ihm auf die Schliche kam, wählte er die einzige ehrenhafte Methode, sein Leben zu beenden und der irdischen Gerichtsbarkeit zu entgehen. Er erschoss sich." Sie blickte Sophie an. „Als seine Frau davon erfuhr, stürzte sie sich aus dem Fenster und nahm ihre Tochter mit in den Tod. Das alles passierte vor zwanzig Jahren, knapp bevor ich Wien verließ. Graf Alexander besuchte zu diesem Zeitpunkt die Militärakademie, er war zwölf Jahre alt."

„Wie traurig", entfuhr es Sophie.

„Die Kaiserin in ihrer unermesslichen Güte beschloss, dass ein unschuldiges Kind nicht zur Rechenschaft gezogen werden durfte für das Verhalten der Eltern. Der Graf sollte eine seinem Rang entsprechende Ausbildung erhalten und über alle Besitzungen der Familie bestimmen – sobald er volljährig war. Bis dahin bestellte sie einen Vormund für ihn: den angesehenen Fürsten Walderstett, der den Grafen bis zu seinem einundzwanzigsten Lebensjahr mit Rat und Tat zur Seite stand.“

Diese Tatsache brachte Sophie einigermaßen aus dem Konzept, da sie sich an die angespannte Haltung des Grafen erinnerte, als der Fürst bei ihrer Hochzeitsfeier erschienen war. Sie wäre nie auf den Gedanken gekommen, dass dieser Mann die Vaterstelle bei ihrem Mann eingenommen hatte. Zwischen den beiden musste es viel böses Blut geben. Nun, vielleicht konnte sie dazu beitragen, dass sich die beiden Männer wieder versöhnten.

Anette von Weißenfeld trank ihre Tasse leer, stand auf und griff nach der Schatulle. „Ich werde meine Abreise vorbereiten, Sophie. Friedrich freut sich bestimmt, mich so bald wiederzuhaben. Und auch mit meinem Mitbringsel wird er zufrieden sein.“ Sie strich beinahe zärtlich über das kleine Kästchen in ihrem Arm und ging zur Tür.

Mit beschwingten Schritten marschierte die Baronin über den Flur. Die ganze Angelegenheit hatte doch noch ein zufriedenstellendes Ende gefunden. Mit dem kleinen Vermögen in der Schatulle konnte sie Weißenfeld zu neuem Glanz verhelfen. Diese Aussicht war so erfreulich, dass sie der Tatsache, nicht länger in Wien bleiben zu können, keine Träne nachweinte.

Sie hatte schon einen Fuß auf die Treppe gesetzt, als sie plötzlich die Stimme des Grafen Karlesky hinter sich hörte. „Nicht so schnell, Baronin Weißenfeld.“

Sie drehte sich um und sah ihn an der geöffneten Tür seines Arbeitszimmers lehnen. Zwischen seinen schmalen Fingern drehte er einen Ring.

Einen silbernen Ring in Form eines Drachens mit einem Mondstein.

Die Reise zur Sommerresidenz der Kaiserin nach Schönbrunn fand zwei Tage später statt. Mitzi war mit Georg, dem Kammerdiener des Grafen Karlesky, schon vorausgefahren, um die nötigen Vorbereitungen zu treffen.

Die prunkvolle Anlage des riesigen Schlosses beeindruckte Sophie sehr. Schon bei der Einfahrt in den Schlosshof beugte sie sich neugierig aus dem Fenster, um alles genau sehen zu können.

Die langgestreckte Fassade des Gebäudes leuchtete gelb, dazu passten die dunkelgrün gestrichenen Fensterläden und Portale. Hinter dem Schloss lag auf einem Hügel die Gloriette, eine Aussichtswarte im griechischen Stil. Beim Aussteigen erhaschte Sophie einen Blick auf den hinter den Torbögen liegenden Park mit seinen farbenprächtig blühenden Pflanzen und zahlreichen Springbrunnen. Sie freute sich schon darauf, über die kiesbestreuten Wege zu spazieren.

Aber zuerst bezogen Sophie und der Graf ihre Suiten, die Mitzi und Georg schon mit ihren persönlichen Habseligkeiten ausgestattet hatten. Begeistert stellte Sophie fest, dass sie von ihrem Fenster aus den gesamten Park überblicken konnte.

„Das ist einfach unglaublich", sagte sie zu Mitzi.

Die Kammerzofe nickte. „Ja, ich habe es mir nicht so riesengroß vorgestellt", bekannte sie.

„Du bist auch das erste Mal hier?", fragte Sophie, während sie aus ihrem Reisekostüm schlüpfte.

„Ja, Georg hat mich herumgeführt und mir alles gezeigt. Der Graf ist oft hier. Und auch in der Hofburg in Wien. Er arbeitet für Khevenhüller, den Sekretär der Kaiserin. Deshalb ist er oft unterwegs, diplomatische Missionen, geheime Kurierdienste und so weiter", erzählte das Mädchen.

Das hatte Sophie nicht gewusst und der Gedanke, dass ihr Mann arbeitete, erschien ihr angesichts seines Reichtums mehr als merkwürdig.

„Der Graf hat mir mitgeteilt, dass die Audienz bei der Kaiserin morgen Vormittag stattfinden wird. Aber ich weiß nicht, was die Pläne für heute sind“, dachte sie laut nach.

„Heute Abend findet der Auftakt zum Sommerfest statt. Die Sängerin Claudia Mentone wird Opernarien zum Besten geben“, sagte Mitzi. „Bis dahin könnt Ihr Euch ein wenig hinlegen und Euch von der Reise erholen. Ich bringe Euch frische Limonade, wenn Ihr wollt“, bot sie freundlich an.

„Das wäre sehr nett, Mitzi, aber ... ob ich mich hinlege ... ich bin überhaupt nicht müde ...“, sie trat zu dem hohen Fenster, das bis zum Boden reichte und öffnete es. Warme Sommerluft, die vom Duft der blühenden Sträucher erfüllt war, strömte ins Zimmer und strich mild über ihr Gesicht.

Sie würde sich nicht hinlegen, sie würde durch den Park schlendern. Wenn sie Mitzi als Begleitung mitnahm, war daran bestimmt nichts auszusetzen.

So kam es, dass die beiden Frauen wenig später durch den Park spazierten. Sophie trug ein pastellgelbes Tageskleid und einen passenden Spitzenschirm zum Schutz gegen die Sonne. Schon bald verließen sie die Hauptwege und bogen in die kleinen Pfade ein, die durch den Wald führten. Hier war es merklich kühler und zahlreiche Marmorbänke luden zum Verweilen ein. In versteckten Nischen standen Statuen und kleine Springbrunnen, in denen Singvögel fröhlich plätschernd Abkühlung suchten.

Entzückt betrachtete Sophie, wie die kleinen bunten Vögelchen immer wieder untertauchten und ihr Gefieder schüttelten. Die Ruhe an diesem Ort erinnerte sie an die Umgebung von Schloss Weißenfeld. Zum ersten Mal dachte sie wieder an Luise. Wie mochte es ihr wohl gehen?

War sie vielleicht wieder heimgekehrt oder lebte sie noch immer mit Luigi Fertonelli zusammen? War sie glücklich? Sie wünschte es ihr so sehr.

Sophie seufzte. Sie würde einen Brief schreiben, aber sie war nicht davon überzeugt, ob ihr die Baronin auch antworten würde.

Der Graf holte sie ab, um mit ihr gemeinsam der Eröffnung des Festes beizuwohnen. Sein Blick glitt mit kühler Distanz über Sophies prächtige Robe aus pastellrosa Seide, die mit goldenen Ornamenten bestickt war. Georg hatte ihr im Auftrag Karleskys eine Schmuckschatulle mit einem Perlenkollier und passenden Ohrgehängen gebracht. Ihr Haar war hochgesteckt und gepudert worden, ehe man darin kleine Sträußchen aus Seidenblumen befestigte.

Sophie ließ die Musterung beklommen über sich ergehen. Sie fand, dass der Schmuck zu übertrieben und das Kleid zu tief ausgeschnitten war. Auch die Schönheitspflästerchen in ihrem Gesicht und auf ihrem Dekolleté empfand sie als zu aufdringlich, da sie die Blicke des Betrachters an Stellen lenkte, die sie lieber verborgen hätte.

Der Graf jedoch sagte nichts, sondern bot ihr seinen Arm, um sie durch die langen Gänge des Schlosses zu führen. Er trug eine dunkelrote, aufwendig bestickte Jacke aus schwerem Brokat. Die Spitzen an seinen Handgelenken bedeckten fast seine ganze Hand. Auch sein Haar war gepudert und im Nacken mit einer schwarzen Samtschleife zusammengefasst worden, in der bunte Edelsteine funkelten. In seinem Jabot steckte ein haselnussgroßer Rubin und an seinen langen, schmalen Fingern glitzerten zahlreiche Ringe.

„Ich habe gehört, Ihr wart bereits im Schlosspark unterwegs, Madame", sagte er, während sie über die dicken Teppiche schritten.

„Der Park ist einfach wunderschön. Ich konnte nicht widerstehen", antwortete Sophie. „Mitzi hat mich begleitet. Das war doch in Ordnung, Monsieur?"

„Natürlich. Es ist äußerst unklug, ohne Begleitung auszugehen, auch wenn es sich nur um eine Runde im Park handelt. Das Böse schläft nie“, fügte er düster hinzu.

Sie waren in der großen Empfangshalle angekommen und Sophie konnte nicht fragen, was er damit meinte, da jedes ihrer Worte von den Umstehenden verfolgt wurde. Stattdessen reckte sie neugierig den Hals. Sie versuchte, bekannte Gesichter zu entdecken, scheiterte aber, da sich einfach zu viele Menschen hier zusammendrängten.

Eine Frau schob sich durch die Massen auf sie zu. Ein Lächeln lag auf ihrem Gesicht und sie reichte dem Grafen graziös die Hand, als sie vor ihm stand.

„Alexander, das hat aber gedauert. Sonst bist du doch immer unter den ersten, die Spalier stehen für die Hoheiten“, sagte sie.

Der Graf beugte sich über ihre Hand. „Gewohnheiten ändern sich, Gisela.“ Dann wandte er sich an Sophie. „Ihr erinnert Euch an die

Baronin Schweikart? Sie war auch bei unserer Hochzeitsfeier zu Gast."

Sophie kramte in ihrer Erinnerung. Tatsächlich hatte sie die Frau schon einmal gesehen – im Gespräch mit Bruno Fink.

Gisela drückte Sophies Hand. „Wenn Ihr Euch nicht erinnern könnt, Gräfin, kein Wunder, bei all den illusteren Gästen. Mein verstorbener Mann war einer von Alex besten Freunden. Wir kennen uns schon seit ..." Sie zog die Brauen zusammen und dachte angestrengt nach. „Sagen wir – zehn Jahren. Ich gehöre also praktisch zum Hausinventar."

Sie lachte und Sophie stimmte ein. Die Frau war ihr auf Anhieb sympathisch.

„Ich habe gehört, Ihr seid das erste Mal in Wien?", fragte die Baronin weiter.

„Ja, und ich finde das alles hier furchtbar aufregend", bestätigte Sophie.

„Ich bin seinerzeit aus dem Salzburgischen nach Wien gekommen. Ich verstehe Euch also wirklich – wenn Ihr jemanden braucht, um Euer Herz auszuschütten ... im Allgemeinen oder im Besonderen“, sie zwinkerte Alexander zu, „dann findet Ihr in mir ein williges Ohr.“

„Danke, das werde ich mir merken“, gab Sophie zurück.

„Gut. Und ich muss weiter, wir sehen uns.“ Sie winkte kurz und verschwand in der Menge.

Das Sommerfest dauerte bis nach Mitternacht und war anstrengender als Sophie erwartet hatte, schon aufgrund der zurückzulegenden Distanzen. Erstaunlicherweise blieb der Graf die ganze Zeit über an ihrer Seite, zeigte sich charmant und unterhielt sie mit kleinen Anekdoten über die Anwesenden. Viele der Gäste suchten seine Gesellschaft, und wenn es auch nur für wenige kurze Worte war. Das alles vermittelte Sophie von ihrem Mann das Bild eines durchaus beliebten Höflings, der ganz und gar nicht unter einem alten Familienskandal litt.

Er war nicht nur ein amüsanter Gesellschafter, sondern auch ein hervorragender Tänzer und Sophie war einmal mehr froh darüber, mit

Bruno Fink die Schritte der gängigen Modetänze geübt zu haben, sonst hätte sie sich bestimmt blamiert.

Obwohl er den ganzen Abend nur mit ihr tanzte und auch sonst das Bild des glücklichen Ehemanns vermittelte, bemerkte sie die Blicke, die ihm die anwesenden Frauen zuwarfen und die kleinen, verspielten Gesten mit Fächern und Champagnergläsern, die eine unmissverständliche Sprache sprachen. Scheinbar war nicht nur ihr selbst aufgefallen, wie gutaussehend ihr Mann war. Sie dachte wieder an die Duelle, von denen ihr Bruno Fink erzählt hatte und begann zu verstehen, wie diese Dinge zustande kamen. Vermutlich genügte schon ein falscher Blick oder eine zufällige Berührung und ein in seiner Ehre gekränkter Ehemann griff zur Pistole oder zum Degen.

In weiterer Folge beobachtete sie den Grafen genau, doch er ging auf die unverhohlenen Avancen der anwesenden Damen nicht ein. Stattdessen legte er eine Umgänglichkeit ihr gegenüber an den Tag, die dazu beitrug, dass sie sich in seiner Gegenwart zu entspannen und den Abend zu genießen begann. Auch die lähmende Angst vor der gemeinsamen Zukunft, die sie bei seinen harschen Worten am Tag ihrer Hochzeit empfunden hatte, löste sich langsam auf und machte einer vorsichtigen Zuversicht Platz.

Sophie hätte also jeden Grund gehabt, glücklich zu sein, doch dann ertappte sie ihren Mann bei einem Gespräch und erfuhr, was er wirklich von ihr dachte und ihr sorgsam errichtetes Kartenhaus aus Selbsttäuschung und falschem Enthusiasmus stürzte in sich zusammen.

Sie kam gerade vom Erfrischungsraum der Damen und wollte zurück in den Ballsaal, als sie ihren Mann im Gespräch mit einem anderen vornehm gekleideten Höfling in einer Nische des Ganges entdeckte. Voller Freude ging sie auf ihn zu, und da die beiden mit dem Rücken zu ihr standen, führten sie ihre Unterredung unbekümmert weiter.

„Die Kleine sieht wirklich hübsch aus, Alex. Da hast du noch einmal Glück gehabt, die Kaiserin hätte auch ein Mädchen mit schiefen Zähnen und Silberblick auswählen können, um dich unter die Haube zu bringen und dein Seelenheil zu sichern."

Karlesky zuckte die Schultern. „Sie ist ein naives Gänschen, ein geistloser Bauerntrampel aus der tiefsten Provinz mit einer geldgierigen Mutter. Nichts weiter."

Sophies Herz fiel in einen bodenlosen Abgrund. Das hielt er also von ihr.

„Sie hat keinen eigenen Willen. Sie tut, was man ihr befiehlt und bettelt um Aufmerksamkeit – wie ein Hündchen." Der Graf hatte seine Schnupftabaksdose aus der Jacke gezogen und bot sie seinem Gesprächspartner an.

„Mein lieber Alex, ich kenne genug Männer, die ihr Glück lobpreisen würden, eine Frau mit diesen Eigenschaften geheiratet zu haben."

Der Graf zuckte die Schultern. „Ich gehöre garantiert nicht dazu. Und im Übrigen ..."

Den Rest seiner Worte hörte Sophie nicht mehr, weil sie zurück in den Ballsaal lief und von dort über die Freitreppe in den Park, der mit Fackeln hell erleuchtet war. Sie ließ sich auf eine Bank fallen und grub die Fingernägel in die Handfläche, um nicht zu weinen.

Wie konnte er nur so gemein sein? Er war alles, was ihr im Leben noch geblieben war. Sie hatte keine Eltern, keinen eigenen Namen, keine Wurzeln, nichts. Nur ihren Ehemann.

Sie atmete langsam durch und versuchte sich zu beruhigen. Jammern brachte sie auch nicht weiter. Sie war hier, und sie hatte die Möglichkeit ein neues Leben zu beginnen. Wenn ihr Ehemann ihr dabei nicht zur Seite stehen wollte, dann würde sie es alleine schaffen. Sie würde sich ihre eigenen Freundinnen und Freunde suchen, denn bestimmt war sie nicht für alle Menschen ein geistloser Bauerntrampel.

7

Als Sophie am nächsten Morgen aufwachte, fühlte sie sich wie gerädert. Der krönende Abschluss des gestrigen Abends war ein Feuerwerk gewesen, das sie unter anderen Umständen verzaubert hätte. Aber so starrte sie die funkelnden bunten Sterne nur melancholisch an und ging auch auf keinen der Konversationsversuche ihres Mannes ein – was konnte ein geistloser Bauerntrampel schon zu einem Gespräch beitragen?

Sie war froh, als die Tür ihres Zimmers hinter ihr ins Schloss fiel und eine gähnende Mitzi ihr aus den Gewändern half. Trotz ihrer Erschöpfung schlief sie schlecht und ihre Laune war knapp unter dem Gefrierpunkt, als der Graf sie für die bevorstehende offizielle Audienz bei der Kaiserin abholte.

Entsprechend des spanischen Hofzeremoniells trugen sie die vorgeschriebenen steifen Hofroben. Sophie erwiderte den Gruß ihres Mannes knapp, denn jedes Mal, wenn sie ihn ansah, fielen ihr seine beleidigenden Worte vom Vorabend ein.

Im Antechambre der Audienzgemächer warteten sie mit den anderen geladenen Gästen, bis der Zeremonienmeister sie ins Innere geleite und mit nasaler Stimme verkündete: „Graf und Gräfin Karlesky, Euer Kaiserliche Hoheit."

Sophie versank in einen tiefen Hofknicks, während der Graf den vorgeschriebenen Kratzfuß absolvierte.

„Er darf näherkommen, Karlesky und Uns seine junge Gemahlin präsentieren." Die Stimme der Kaiserin klang hell und ungezwungen.

Sophie richtete sich auf und ging am Arm ihres Mannes zu den beiden Lehnsesseln, die vor dem Schreibtisch standen. Sie versuchte, Maria Theresia nicht zu offensichtlich anzustarren und musterte sie deshalb durch ihre gesenkten Wimpern.

Die Kaiserin trug ein einfaches dunkelblaues Gewand, das an den Manschetten und am hochgeschlossenen Kragen mit cremefarbenen Spitzen verziert war. Außer einer Brosche hatte sie keinen Schmuck angelegt. Ihr blondes Haar war ungepudert und größtenteils unter einer weißen Haube versteckt. Sie hatte einen hellen Teint mit zart geröteten Wangen, die ihr ein gesundes, beinahe bäuerliches Aussehen verliehen.

Die hellblauen Augen der Kaiserin betrachteten sie nachdenklich. „Es ist wirklich schade, dass die Baronin Weißenfeld keine Zeit gefunden hat, Sie zu begleiten, Gräfin Karlesky. Wir hätten gerne mit ihr geplaudert."

„Das tut mir leid, Majestät", murmelte Sophie. „Unaufschiebbare Angelegenheiten in der Heimat ..."

„Nun, vielleicht das nächste Mal", sagte die Kaiserin und wies auf die Sessel. „Der Graf und die Gräfin dürfen sich setzen."

Noch immer betrachtete sie Sophie eingehend, dann seufzte sie. „Es ist ein wahrer Jammer, dass Wir unseren Patenkindern so wenig Aufmerksamkeit schenken können. Zu sehen, wie sie sich entwickeln und erwachsen werden, das wäre wirklich eine lohnende Aufgabe. Aber Wir bekommen sie gerade als Säuglinge zu Gesicht und wenn Wir Glück haben, ein weiteres Mal als wohlgestaltete Erwachsene." Sie machte eine Pause und schien sich auf das Wesentliche zu besinnen. „Es beruhigt Uns sehr, dass Er nun in den heiligen Stand der Ehe getreten ist, Karlesky. Damit wird ein für alle Mal Ruhe einkehren beim Weibervolk. Wir sind sehr froh, dass Er diesem Unseren Wunsch nachgekommen ist. Er darf glauben, dass es Uns sehr schwergefallen wäre, Ihn nach Galizien ins Exils zu verbannen – zumindest solange, bis die Natur Seinem hübschen Gesicht einige Runzeln und Falten verpasst hätte."

Das war also das Druckmittel gewesen, mit den ihn die Kaiserin dazu gebracht hatte, in diese Heirat einzuwilligen, dachte Sophie. Verbannung ans andere Ende der Welt.

„Ich bemühe mich immer, Euren Wünschen zu entsprechen, Majestät“, antwortete der Graf höflich. „Und natürlich ziehe ich den Hof in Wien einem Exil in der Fremde vor, denn hier kann ich Eurer Majestät immer zu Diensten sein.“

„Schöne Worte, Karlesky. Aber dafür ist Er ja bekannt. Wir hoffen, Er bleibt noch eine Weile in Schönbrunn. Wir haben eine Reihe von Lustbarkeiten in Auftrag gegeben, die auch Ihn und Seine junge Frau erfreuen werden. Er darf sich jetzt entfernen.“

Mit diesen Worten waren sie entlassen. Am gegenüberliegenden Ende des Raumes öffnete sich eine Tür und ein Lakai bedeutete ihnen mit einer kleinen Verbeugung, ihm zu folgen.

In ihrem Zimmer vertauschte Sophie die schwere Hofrobe mit einem einfachen Tageskleid. Die Baronin Schweikart hatte ihr eine

Karte mit einer Einladung zu einer Ausfahrt in die Umgebung vorgeschlagen. Sophie freute sich darüber und schickte sofort Mitzi mit einer entsprechenden Antwort zu ihr.

Gisela von Schweikart kutschierte selbst und zwar einen zierlich aussehenden Einspänner mit einem Apfelschimmel, der nervös tänzelte, als Sophie über den Schlosshof schritt. Die beiden Frauen begrüßten sich überschwänglich und trugen einander sofort das Du-Wort an.

Kaum, dass sie den Schlosshof verlassen hatten, befanden sie sich auf der Landstraße, die von Feldern und Äckern gesäumt wurde, die in dunkle Wälder übergingen. Hie und da erhaschte man einen Blick auf prächtige Landsitze und kleine Jagschlösschen.

„Seit die Kaiserin ihre Absicht bekundet hat, hier eine Sommerresidenz zu errichten, hat sich jeder, der es sich leisten konnte, in der Gegend ein Anwesen zugelegt", erklärte Gisela. „Vorher gab es hier nur winzige Dörfer." Sie zeigte auf ein entferntes Bauwerk. „Das ist das Schloss des Fürsten Merzenreich, am Besitz der

Familie Perditzky sind wir gerade vorbeigekommen und dort drüben siehst du das Anwesen des Fürsten Walderstett."

Sophie reckte den Hals. „Ich habe gehört, dass er lange Jahre der Vormund meines Mannes war."

„Das stimmt. Aber die beiden sind keine Freunde", fügte Gisela hinzu.

„Weißt du warum?", fragte Sophie neugierig.

„Nein. Alex spricht nicht über Walderstett. An deiner Stelle würde ich den Namen in seiner Gegenwart nicht erwähnen."

Sophie nickte. Das war schon die zweite Warnung, die sie in Bezug auf Walderstett erhielt. Sie war Gisela dankbar für den Ratschlag, denn sie wollte unbewusst nicht noch mehr Fehler begehen, die ihrem Mann klarmachten, dass sie nichts weiter als ein dummer Bauerntrampel war.

Gisela lenkte den Wagen zu einem niedrigen Haus am Eingang eines Dorfes. Auf einem schmiedeeisernen Schild stand „Zur blauen Eidechse".

„Hier werden wir rasten. Der Wirt schenkt den besten Roten in der Gegend aus."

Damit hatte Gisela nicht übertrieben und Sophie fühlte sich seltsam leicht und schwerelos, als sie wieder beim Schloss Schönbrunn ankamen.

Sie verabredete mit der Baronin ein Treffen vor der Opernaufführung, die noch am gleichen Abend im Schlosstheater stattfinden sollte. Gisela eilte davon und Sophie blickte sich um. Sie wollte noch nicht in die Enge ihrer Suite zurückkehren. Deshalb spannte sie ihren Sonnenschirm auf und schlenderte in den Park. Mehrere Arbeiter waren gerade damit beschäftigt, die Aufbauten des Feuerwerks vom Vortag wegzuräumen und grüßten sie ehrerbietig. Kurz dachte sie daran, dass der Graf ihr empfohlen hatte, immer auf Begleitung zu achten, aber dann zuckte sie die Achseln. Was sollte ihr hier, am helllichten Tag schon passieren?

Sie setzte sich auf eine schattige Bank neben dem Neptunbrunnen, lehnte den Kopf an einen Baumstamm und lauschte den Vogelstimmen. Ohne, dass sie es merkte, fielen ihr die Augen zu und sie döste ein.

Ein Kitzeln auf ihrer Wange weckte sie. Unwillig versuchte sie es wegzuwischen, aber es kehrte zurück. Sie öffnete die Augen und war sofort hellwach. Vor ihr stand der Fürst Walderstett. In seinen Händen hielt er einen Zweig, mit dem er sie geweckt hatte.

„Ihr“, entfuhr es Sophie.

„Zu Euren Diensten, Gräfin Karlesky. Immer und überall.“ Er lächelte sie gewinnend an und deutete dann zum Himmel. „Nur noch ein paar Minuten, und die Sonne hätte Eure zarte Haut verbrannt.“

Sophie folgte seiner Bewegung und musste feststellen, dass er Recht hatte. Die Sonne war weitergewandert und ihr Gesicht wäre den

Strahlen ausgeliefert gewesen, wenn sie weitergeschlafen hätte.

„Ich danke Euch, Fürst Walderstett. Es ist ohnehin Zeit, dass ich ins Schloss zurückkehre." Sie stand auf.

„Erlaubt, dass ich Euch begleite, meine schlafende Schönheit. Hier, nehmt meinen Arm." Er lächelte sie gewinnend an und wieder einmal fielen ihren seine dicken schwarzen Augenbrauen auf, die ihm einen düsteren Ausdruck verliehen, auch wenn er so offensichtlich freundlich gestimmt war wie in diesem Moment.

Sophie blickte auf den dunkelgrünen Stoff seiner Jacke. Es gab kein plausibles Argument, sein Angebot abzulehnen. Also legte sie ihre Hand auf seinen Arm und spannte ihr Sonnenschirmchen wieder auf.

Gemeinsam spazierten sie über die kiesbestreuten Wege. Der Fürst grüßte die vorbeikommenden Parkbesucher und blieb gelegentlich stehen, um mit ihnen ein paar Worte zu wechseln. Dabei verabsäumte er es nicht,

Sophie jedes Mal als die frischangetraute Gattin des Grafen Karlesky vorzustellen.

So war es kein Wunder, dass ihr Mann, der sie zum abendlichen Opernbesuch abholte, mehr als finster dreinblickte, sobald er ihrer ansichtig wurde. Kaum, dass Mitzi sie alleingelassen hatte, zischte er böse: „Wie mir zu Ohren gekommen ist, pflegt Ihr freundschaftliche Bande zum Fürsten Walderstett. Ich wünsche, dass das aufhört und zwar sofort."

„Er war doch Euer Vormund, nicht wahr? Warum sollte ich mich nicht mit ... meinem Schwiegervater anfreunden?", erwiderte Sophie keck und vergaß ihren Vorsatz, den Fürsten ihrem Mann gegenüber unerwähnt zu lassen. Sie verstand die Aufregung wegen eines harmlosen, vor aller Augen stattgefundenen Spaziergangs nicht.

„Euer Interesse an alten Familiengeschichten ehrt Euch, Madame. Aber in diesem Fall muss es Euch genügen, wenn ich Euch befehle, sich von ihm fernzuhalten." Sein scharfer Tonfall duldete keinen Widerspruch.

Sophie hörte im Geist die abfälligen Bemerkungen, die er über sie gemacht hatte. Ein einfältiger Bauerntrampel ohne eigenen Willen. Nun, das würde sich ändern, und zwar sofort.

„Ich lasse mir von Euch nichts befehlen, Graf Karlesky. Ich wähle meine Freunde selbst aus. Fürst Walderstett ist ein angesehenes Mitglied des Hofes und er langweilt sich nicht in meiner Gesellschaft. Im Gegensatz zu manchen anderen“, schloss sie spöttisch und legte noch ein Schäuflein nach. „Außerdem habe ich bei ihm nicht den Eindruck, dass er seine Zeit aus reinem Pflichtgefühl mit mir verbringt.“

Der Graf blickte sie einen Moment lang erstaunt an, und sagte dann trocken. „Vielleicht erwartet er im Gegensatz zu mir für seine Zeit auch eine kleine Entschädigung, Madame. Habt Ihr das schon einmal in Erwägung gezogen?“

Sophie schluckte. Zorn brodelte heiß und ungestüm in ihr auf. Sie würde sich nicht länger beleidigen lassen. „Ob ich in Erwägung gezogen habe, ihn für seine Zeit zu entschädigen?“ Sie warf den Kopf zurück. „Bei uns auf dem

Land sind solche abartigen Gedankengänge unbekannt. Aber wenn Ihr es wünscht, werde ich es natürlich tun. So wie ich alles tun werde, um Euch zufriedenzustellen – aber ganz egal, was ich auch tue, es wird niemals genug sein, nicht wahr?“

Ihre Augen schossen Blitze und mit Genugtuung merke sie, dass er einen Schritt zurückwich.

„Ihr seid kindisch, meine Liebe“, sagte er dann ruhig. „Haltet Euch von Walderstett fern, das ist alles, was ich Euch raten kann. In Eurem eigenen Interesse.“

Das Thema schien für ihn erledigt, denn er bot ihr seinen Arm. „Und jetzt lasst uns gehen, sonst verpassen wir noch die Ouvertüre.“

Die Oper war sterbenslangweilig und Sophie gähnte hinter ihrem Fächer. Sie hatte noch nie zuvor eine musikalische Darbietung dieser Art miterlebt und beschloss insgeheim, dass diese auch die letzte bleiben würde.

Der Baronin schien es ähnlich zu gehen, und sie nutzten die Pause, um im Foyer herumzuschlendern. Bald waren sie von einer Gruppe junger Männer umringt, die der Baronin ungeniert den Hof machten. Sie lachte mit ihnen und schäkerte ungeniert, ohne einen zu bevorzugen und damit die unsichtbare Grenze zwischen Tändelei und skandalösem Verhalten zu überschreiten. Sophie verfolgte das Ganze amüsiert, da sie merkte, dass Gisela nicht die Absicht hatte, einen der Männer zu erhören, aber auch keinen von ihnen bewusst verletzen wollte. Die spielerische Leichtigkeit, mit der ihre neue Freundin die Situation handhabte, entlockte Sophie uneingeschränkte Bewunderung.

Nachdem sie die Aufführung endlich überstanden hatten, überließ sie den Grafen seinen zahlreichen Freunden und suchte sich mit Gisela eine ruhige Ecke, um noch zu plaudern.

„Wie du die Meute Verehrer in Schach gehalten hast, war wirklich bewundernswert, Gisela."

Sie lachte. „Ach, da ist nichts dabei. Keiner von denen bringt mein Herz aus dem Takt."

„Willst du nicht wieder heiraten?", erkundigte sich Sophie neugierig. „Du bist noch so jung ..."

„Ich bin siebenundzwanzig, von jung kann keine Rede sein." Sie schwieg. „Vielleicht ... wenn ..."

„Hast du deinen Mann geliebt?", bohrte Sophie weiter.

Gisela schien einen Moment lang aus dem Konzept gebracht und Sophie dachte schon, mit ihrer Frage zu weit gegangen zu sein, aber dann zuckte ihre Freundin die Schultern und blickte sie an. „Warum soll ich dir etwas vormachen? Wir haben uns vor unserer Heirat nicht gekannt und auch später ... hatten wir für einander nur Respekt übrig. Heinrich war fast dreißig Jahre älter als ich", setzte sie hinzu.

Diese Neuigkeit war einigermaßen ernüchternd, fand Sophie. Und sie fragte sich, ob es unter all den Ehepaaren, die sich heute Abend hier aufhielten, auch eines gab, das hinter der

Fassade von prunkvollen Kleidern und Juwelen wirklich glücklich war.

8

In den nächsten Tagen begegnete Sophie dem Fürsten Walderstett nicht wieder. Sie wusste nicht einmal, ob er sich noch in Schönbrunn befand. Ihr Mann begleitete sie zu den verschiedenen Lustbarkeiten, ritt zweimal mit ihr aus, wobei er sich überrascht zeigte, dass sie sich so gut mit Pferden auskannte und Luise konnte sich nicht verkneifen zu antworten: „Das Leben auf dem Land bringt auch gewisse Vorteile."

Nach einer knappen Woche kehrten sie wieder in die Stadt zurück und Sophie war darüber nicht unglücklich, da ihr das Nichtstun in Schönbrunn langsam, aber sicher zu eintönig wurde.

Im Haus des Grafen wurden sie von Bruno Fink herzlich begrüßt und Sophie fragte sich insgeheim, warum er nicht mitgekommen war.

Sobald sich eine Gelegenheit bot, erkundigte sie sich bei ihm danach.

Er wirkte überrascht und auch ein wenig peinlich berührt. „Es steht mir nicht zu, Gräfin. Ich bin nichts weiter als ein Bediensteter des Grafen. Meine Eltern gehören nicht zum Adel, ich bin nur ein Bürgerlicher. Dass mir der Graf freie Hand bei der Verwaltung seiner Angelegenheiten lässt, ist nichts weiter als ein Vertrauensbeweis."

Sophie dachte über seine Worte nach. Sie gefielen ihr nicht und Bruno schien ihre Verstimmung zu spüren, denn er sagte: „Ich bin mit meiner Position wirklich zufrieden und sehr dankbar, dass mir der Graf diese Möglichkeit gegeben hat. Schließlich ist es meine erste derartige Stellung und ich hatte vorher keine Referenzen."

Er schien das Thema für abgeschlossen zu erachten, denn er verließ den Salon kurz darauf. Und Sophie hatte wieder einmal das Gefühl in ein tiefes Fettnäpfchen getreten zu sein.

Ihre Freundschaft mit der Baronin Schweikart setzte sich auch in Wien fort. Gemeinsam unternahmen sie Spaziergänge in der Stadt und Gisela zeigte ihr all die kleinen Geschäfte, die gerade in Mode waren und die Kaffeehäuser, in denen es die besten Mehlspeisen gab. Im Gegenzug beriet Sophie sie bei der Auswahl eines neuen Reitpferds und gab ihr Ratschläge, wie sie ihre Haltung im Sattel verbessern konnte.

Wenn sie abends nicht ausging, blieb Gisela oft zu einem inoffiziellen Abendessen im Karlesky Haus, an dem auch Bruno Fink und gelegentlich sogar der Graf höchstpersönlich teilnahm. Sophie liebte dieses zwanglose Beisammensein. Jeder war entspannt, Scherze machten die Runde und manchmal spielten sie Scharade oder Tarock, ein Kartenspiel, das die anderen Sophie voller Begeisterung beibrachten.

Dennoch blieben diese kleinen, intimen Gesellschaften in der Minderzahl. In Wien gab es Einladungen zu privaten Festen in Hülle und Fülle. Jeder, der etwas auf sich hielt, veranstaltete Redouten und Soireen, Hauskonzerte und Hausbälle. Die Leute, die sie auf diesen Gesellschaften traf, waren immer dieselben. Der Kreis der vornehmen Welt war exakt gezirkelt und gestattete nur wenige Ausnahmen.

So kam es auch, dass sie sich zwar kurz, aber doch regelmäßig mit dem Fürsten Walderstett unterhielt. Er war charmant auf eine unaufdringliche Art und erkundigte sich immer liebenswürdig nach ihrem Befinden. Als sie ihm einmal von einem französischen Roman erzählte, von dem sie schon viel gehört hatte, den sie aber leider nirgends bekommen konnte, brachte zwei Tage später ein Bote das Buch mit einem kleinen Großkärtchen vorbei.

Natürlich erzählte Sophie ihrem Mann nichts davon. Sie hatte keine Lust auf sinnlose Debatten und Vorwürfe, die ihr Verhalten in seinen Augen sicher provozierte. Aber je öfter sie mit dem Fürsten sprach, desto weniger konnte sie die Ansicht des Grafen teilen. Für sie war Richard von Walderstett einfach ein kluger älterer Herr, der alle Welt kannte und interessante Geschichten zu erzählen wusste.

Er hatte nichts Bedrohliches und nichts Verschlagenes an sich und schien sich wirklich zu freuen, wenn er sie auf einer Gesellschaft traf.

Sie pflegte ihre Bekanntschaft mit ihm unauffällig, aber auch nicht so versteckt, dass es von böswilligen Zeitgenossen als Geheimnis ausgelegt werden konnte. Denn natürlich waren die Klatschbasen der Stadt überall. Und das Letzte, das Sophie wollte, war ein weiteres Duell, das mit dem Namen Karlesky in Verbindung gebracht werden konnte.

Sophies Tage verrannen so gleichmäßig und unspektakulär wie Perlen an einer Kette. Es gab keine Überraschungen, aber auch keine Enttäuschungen. Der Graf behandelte sie mit jener Art nichtssagender Freundlichkeit, die er auch seinen Jagdhunden angedeihen ließ. Aber

Sophie war zufrieden damit, und behandelt ihn mit der gleichen unpersönlichen Höflichkeit.

Sechs Wochen nach ihrer Heirat kündigte der Graf ihr an, dass er im Auftrag Khevenhüllers nach Prag reisen müsse. Da Sophie den Eindruck hatte, dass er auf ihre Begleitung nicht gerade erpicht war, nahm sie diese Mitteilung mit einem Neigen des Kopfes zur Kenntnis und wünschte ihm – als es soweit war – eine gute Reise.

Gemeinsam mit Gisela nützte sie seine Abwesenheit, um den Ostflügel des Hauses neu einzurichten. Bruno Fink war dabei eine große Hilfe, da er über ein ausgesprochen gutes Farbgefühl und plastische Vorstellungskraft verfügte.

Sie hatten bei ihrer Aufgabe viel Spaß und so dauerte es seine Zeit, bis Sophie die Blicke bemerkte, die zwischen ihrer Freundin und dem Sekretär ihres Mannes hin und hergingen. Gespannt und neugierig beobachtete sie die beiden in den folgenden Tagen, aber zu ihrem Leidwesen passierte gar nichts. Sie dachte schon, dass sie sich das Ganze nur eingebildet hatte, da fand sie Bruno eines Abends in der Bibliothek. Er saß in einem Lehnsessel. Seine Jacke lag achtlos auf dem Boden, das Hemd stand offen und er hatte die Beine auf den polierten Eichenholztisch gelegt.

Der Gegensatz zu dem perfekten, immer auf Stil und steife Würde bedachten Bruno war so frappierend, dass sie ein paar Mal blinzelte, um sicher zu gehen, dass sie keine Fata Morgana vor sich sah.

Er drückte eine bauchige Kognakflasche in liebevoller Umarmung an seine Brust und blickte Sophie düster entgegen, ohne aufzustehen oder seine despektierliche Haltung zu ändern.

„Bruno?“, fragte sie vorsichtig.

„Zu Diensten, Gräfin. Wie immer.“ Seine Stimme klang verwischt und undeutlich. „Möchtet Ihr, dass ich Euch ein Schlafliedchen singe oder ein Märchen vorlese?“

Unschlüssig kam sie näher. Sie hatte keine Erfahrung im Umgang mit Betrunkenen. Er schien nicht gewalttätig zu sein, sondern ... sondern ... einfach traurig und erschöpft.

„Kann ich Euch helfen, Bruno?“, erkundigte sie sich zaghaft.

„Mir kann niemand helfen.“ Er hob die Flasche an die Lippen und machte einen tiefen Schluck. „Niemand, niemand auf dieser morschen, alten Welt“, lallte er. Dann legte er den Kopf schief und kniff die Augen zusammen. „Oder kennt Ihr etwa die gute Fee? Dann nur herein mit ihr, in die gute Stube. Sie muss mir gar nicht drei Wünsche gewähren, einer reicht völlig.“

Sophie setzte sich ihm gegenüber. „Und der wäre?“

Er schwieg eine Weile und starrte vor sich hin. „Ein Prinz, sie soll mich in einen Prinzen verwandeln. Oder in einen Fürsten. Auch ein Graf würde es tun.“ Der Blick seiner blutunterlaufenen Augen richtete sich auf Sophie. „Eigentlich wäre schon ein „von“ zwischen Bruno und Fink ausreichend.“

„Ich dachte, Ihr wäret mit Eurer Position zufrieden“, erinnerte sie ihn sanft.

Er grunze etwas Unverständliches vor sich hin und umklammerte die Flasche an seiner Brust fester. „Das bin ich auch. Meistens.“

„Und wann seid Ihr es nicht?“

„Wenn ich sie sehe. Wenn sie an mir vorüberschwebt wie ein Engel, der das Paradies verlassen hat, um den Sterblichen einen Blick auf ihre Güte und Schönheit zu gewähren.“

Er schwieg eine Weile, dann lachte er bitter auf. „Was für ein jämmerlicher Schwachsinn. Genauso jämmerlich wie ich.“ Er sah Sophie an und seine Augen waren nicht länger verschleiert, sondern glasklar. „Ich liebe sie. Ich liebe sie mehr als alles andere auf dieser Welt. Ich würde alles dafür geben, in der Lage zu sein, mich ihr zu Füßen zu werfen und ihr meine Liebe zu gestehen.“

„Und was hindert Euch daran?“, fragte Sophie.

„Ich bin ein Nichts. Ihrer nicht würdig. Kein Mann ist ihrer würdig, und ich schon gar nicht.

Wie kann ich, der dahergelaufene Sohn eines Schildermalers, es wagen, meine Augen zu ihr zu erheben? Alleine der Gedanke ist ein Sakrileg. Versteht Ihr das denn nicht?“

Sophie schüttelte den Kopf und er lachte wieder bitter auf. „Ja, wie könntet Ihr auch. Ihr lebt in einer anderen Welt, ebenso wie sie.“

Sophie gab nicht vor, nicht zu wissen, von wem er sprach. „Ihr solltet mir ihr reden.“

„Niemals“, fauchte er.

„Dann werdet Ihr auch niemals wissen, ob sie Eure Gefühle erwidert“, sagte Sophie ruhig. „Aber natürlich ist es einfacher, in Selbstmitleid zu versinken.“

Er starrte sie böse an.

Sophie hob beide Arme vom Tisch. „Was wollt Ihr stattdessen tun? Euch jede Nacht mit dem Kognak meines Mannes in den Schlaf trinken?“

Er blickte auf die Flasche als sähe er sie das erste Mal und stellte sie hastig auf den Tisch. „Ich werde weggehen“, sagte er düster.

Sophie nickte. „Das ist natürlich auch eine Möglichkeit. Weglaufen ist sicher die bequemste Lösung."

Er fuhr sich mit beiden Händen durch sein Haar. „Was soll ich denn tun?", fragte er unglücklich und sah sie mit einem bemerkenswert nüchternen Ausdruck an.

„Kämpfen. Der einzige Gegner ist Euer Stolz", sie beugte sich vor. „Wenn ich jemanden lieben würde, ich würde bis zu meinem letzten Atemzug um ihn kämpfen. Einfach aus dem Grund, dass mein Leben ohne ihn kein Leben wäre."

„Liebt Ihr den Grafen?"

Sophie blickte ihn irritiert an. Das Nein lag schon auf ihren Lippen. Doch dann huschten Bilder durch ihren Kopf. Wie Karlesky sie angesehen hatte in ihrer Hochzeitsnacht, bevor sie ihn zurückgewiesen hatte. Das Funkeln seiner Augen, als sie ihn das erste Mal beim Tarock geschlagen hatte. Die zahlreichen gemeinsamen Ausritte, die Eleganz mit der er sich in der Gesellschaft bewegte und die Fürsorge, die er während ihrer ersten gemeinsamen Ballbesuche an den Tag gelegt hatte.

Sie merkte, dass Bruno auf ihre Antwort wartete und befeuchtete die Lippen mit der Zunge. Sie konnte nicht Nein sagen, aber genauso wenig konnte sie Ja sagen. Aber allein das Bewusstsein, dass sie auf diese Frage keine eindeutige Antwort geben konnte, beunruhigte sie zutiefst. „Ich weiß es nicht“, sagte sie schließlich langsam.

„Dann, Gräfin, seid Ihr noch schlimmer dran als ich“, entgegnete Bruno und schob die Flasche zu ihr.

Sophie schlief schlecht. Sie träumte abwechselnd davon, dass der Graf sie in die Arme zog und leidenschaftlich küsste, dass er sie als Bauerntrampel beschimpfte oder dass Gisela Bruno auslachte, als er ihr seine Liebe gestand. Zwischendurch tauchte noch die Baronin Weißenfeld auf und rief theatralisch: „Ich habe eine Schlange an meinem Busen genährt.“

Dementsprechend missgelaunt erschien sie an ihrem Frühstückstisch. Ihr Kopf schmerzte, obwohl sie die Kognakflasche nicht angerührt hatte und der Anblick frischen goldgelben Gebäcks verursachte ihr Übelkeit. Also füllte sie nur ihre Tasse mit dem dampfenden Kaffee, verbrannte sich prompt die Lippe und verwendete nicht zum ersten Mal einen von Giselas Lieblingsausdrücken: verdammt und zugenäht.

Dann machte sie sich auf die Suche nach Bruno. Er saß in seinem Arbeitszimmer am Schreibtisch und war wie üblich perfekt angezogen und frisiert. Wären nicht die dunklen Schatten unter seinen Augen, Sophie hätte gedacht, der gestrige Abend existiere nur in ihrer Phantasie.

„Guten Morgen, Bruno“, sagte sie betont heiter.

Er verzog das Gesicht. „Nicht so laut. Bitte habt die Güte, und lasst mich in Frieden sterben, Gräfin.“

„Wie Ihr wünscht.“ Sophie wollte die Türe schließen, aber seine Stimme hielt sie zurück.

„Ihr werdet ihr doch nichts erzählen?“, erkundigte er sich und sah sie flehentlich an.

Sophie lächelte. „Wem soll ich etwas erzählen?“, fragte sie unschuldig zurück.

„Danke“, murmelte er und wandte sich wieder den auf dem Schreibtisch liegenden Papieren zu.

Sophie erzählte Gisela tatsächlich nichts, aber sie beobachtete die Freundin immer, wenn sie mit Bruno zusammentraf. Und die Zeichen ließen nichts an Deutlichkeit zu wünschen übrig.

Gisela wurde in seiner Gegenwart abwechselnd rot, dann blass. Kicherte wie ein junges Mädchen oder stammelte wirres Zeug, statt klare Antworten auf einfache Fragen zu geben.

Also begann Sophie zu überlegen, wie sie die beiden zusammenbringen konnte, da sie scheinbar nicht in der Lage waren, ihr Schicksal selbst in die Hand zu nehmen.

Sie wälzte in ihrer Fantasie so absurde Pläne wie einen fingierten Kutschenüberfall, den

Bruno verhindern sollte. Kurz dachte sie auch daran, eine falsche Wahrsagerin zu engagieren, die ihnen eine glückliche gemeinsame Zukunft vorhersagen sollte. Aber alle diese Ideen überzeugten sie nicht. Und so blieb ihr nichts übrig, als den beiden zuzusehen, wie sie sich waidwunde Blicke zuwarfen und sich heimlich anseufzten.

Mitten in dieses Romeo-und-Julia Drama platzte der Graf, der wesentlich früher aus Prag zurückkam als angekündigt. Voller Stolz zeigte ihm Sophie den neu hergerichteten Flügel und freute sich über seine anerkennenden Worte.

„Der Bereich des Hauses wurde schon lange vernachlässigt. Es ist in der Tat eine gute Idee, sich darum zu kümmern. Und das Ergebnis kann sich wirklich sehen lassen." Er ging zwischen den neuen Möbeln herum und strich über die polierte Oberfläche eines runden Tischchens, in die ein Schachbrett eingelegt war. „Spielt Ihr?"

Sophie verschränkte die Arme vor der Brust. „Die Abende auf dem Land sind lang."

Er hob eine Braue. „Heißt das, ja oder nein?“

In seinen Augen stand belustigtes Funkeln und auch Sophie musste lächeln, als sie antwortete: „Das heißt ja. Mein ... Vater hat es mir beigebracht und oft mit mir gespielt.“

„Gut. Vielleicht finden wir gelegentlich Zeit zu einer Partie.“ Er wandte sich zum Gehen. „Gab es irgendwelche besonderen Vorkommnisse, während ich in Prag war?“

Der prüfende Blick, mit dem Karlesky sie betrachtete, trieb ihr die Röte in die Wangen, obwohl es dafür keinen Grund gab. „Nein, soweit ich weiß nicht.“

Der Graf nickte und wollte sich schon abwenden, aber Sophies Worte hielten ihn zurück. „Mein Ring, Alexander, kann ich ihn wiederhaben?“

Er runzelte die Stirn. „Welcher Ring?“

„Den Ring, den Ihr für mich enger machen lassen wolltet“, versuchte Sophie sein Gedächtnis aufzufrischen.

„Ach, ja, ich erinnere mich. Bei Gelegenheit werde ich dafür sorgen, dass Ihr ihn zurückbekommt.“ Mit diesen Worten ging er zur Tür.

Sophie folgte ihm. „Wenn Ihr mir sagt, bei welchem Juwelier Ihr ihn in Arbeit gegeben habt, dann kann ich ihn auch selbst abholen. Ich bin oft mit Gisela in der Stadt unterwegs“, bot sie an.

Der Graf schien zu zögern. „Das wird nicht nötig sein, ich kümmere mich schon darum. In den nächsten Tagen habe ich ohnehin in der Stadt zu tun.“

Ohne sich noch einmal umzudrehen, verließ er den Raum und Sophie konnte sich des Eindrucks nicht erwehren, dass sein schneller Abgang eine Flucht war.

9

Bruno Fink kehrte von einer Besorgung in Gaudenzdorf in das Karleskyhaus zurück und führte sein Reitpferd zu den Ställen. Der Stalljunge war nirgends zu sehen, deshalb sattelte er das Tier selbst ab und versorgte es.

Gerade als er sich aufmachte, um zum Hauptgebäude zurückzukehren, hörte er auf dem Heuboden über sich ein Geräusch. Neugierig ging er zur Leiter, lauschte und stieg dann hinauf.

„Schsch, meine Süßen, keine Angst, ich will euch ja nichts tun."

Bruno erkannte Giselas Stimme sofort. Zwar hatte er ihre Kutsche im Hof erkannt, aber selbstverständlich angenommen, dass sich die Baronin im Haus befand und mit der Gräfin Karlesky Kaffee trank. Jetzt jedoch sah er sie in einer Ecke knien, und seltsame Verrenkungen vollführen, um mit ihrem Arm hinter einen Bretterstapel gelangen zu können. Gleichzeitig war ein leises Miauen zu vernehmen, das aus einem Henkelkorb mit Deckel kam, der neben ihr stand.

Sie zog den Arm wieder zurück und hielt ein geflecktes Kätzchen am Genick, das sie wütend anfauchte: „Du kleiner Frechdachs, hab' ich dich doch noch gekriegt, und jetzt ab zu deinen Schwestern und Brüdern."

Sie öffnete den Deckel des Korbes und steckte das protestierende Kätzchen hinein. Dann richtete sie sich auf und drehte sich um. Dabei entdeckte sie Bruno.

„Oh, Herr Fink ..." Sie lächelte verlegen und strich eine Haarsträhne, die sich aus ihrer hochgesteckten Frisur gelöst hatte, aus dem Gesicht. Ihre Wangen röteten sich.

Bruno war sie niemals schöner erschienen. „Kann ich helfen, Baronin?" Auch seine Stimme klang belegt.

Sie wechselte den Korb nervös von einer Hand in die andere. „Ich habe die Kätzchen bei meinen letzten beiden Besuchen wimmern hören. Der Mutter ist vermutlich etwas zugestoßen, darum wollte ich sie nach unten bringen. In der Küche haben sie es schön warm und die Mädchen werden sich um sie kümmern."

Sie ging zur Leiter, und Bruno hastete schnell an ihr vorbei.

„Warten Sie, Baronin. Ich steige zuerst hinunter und halte die Leiter fest." Sobald er unten war, streckte er den Arm aus, und Gisela reichte ihm den Korb und ihren Hut, den sie abgenommen hatte, damit er sie bei der Rettungsaktion der Kätzchen nicht behinderte.

Dann stieg sie die Leiter hinunter. Bruno erhaschte einen Blick auf ihre zierlichen Schnürstiefelchen und die Unmengen von weißen Spitzenunterröcken, die sich an ihre Beine schmiegten.

Als sie wieder festen Boden unter den Füßen hatte, ließ sie die Leiter los und wandte sich an Bruno.

„Danke." Sie streckte die Hand nach ihrem Hut aus, den Bruno noch immer in der Hand hielt. Der Korb mit den Kätzchen stand neben ihnen.

Ihre Blicke tauchten ineinander und Bruno machte einen Schritt auf Gisela zu. Ohne dass er wusste, was er tat, hob er die Hand und zog einen Strohhalm aus ihrem Haar. Sie blieb ruhig stehen. Ihre Augen waren groß und dunkel.

Seine Fingerspitzen strichen über ihre Wange und noch immer bewegte sie sich nicht. Als sich ihre Lippen leicht öffneten, war es um ihn geschehen. Mit einem Aufstöhnen beugte er sich vor und presste seinen Mund auf den ihren. In diesem Moment war ihm alles egal, ob er seine Stellung verlor oder ob die Welt rund um ihn herum in Stücke flog. Die weichen samtigen Lippen unter seinen waren sein ganzes Universum.

Ihre Arme schlangen sich um seinen Hals und ihr weicher Körper schmiegte sich an ihn. Ihre Hände fuhren durch sein Haar und streichelten die Haut seines Nackens.

„Gisela“, stöhnte er dumpf, als er nach einer Weile den Kopf hob. „Oh mein Gott, sag, dass das kein Traum ist. Sag, dass ...“

Sie legte den Zeigefinger auf seinen Mund. „Reden können wir später, Bruno. Viel später.“

Sophie brauchte nicht lange, bis ihr auffiel, dass sich das Verhältnis ihrer Freundin zu Bruno grundlegend geändert hatte. Sie bemerkte das Leuchten in den Augen der beiden und die verstohlenen Berührungen ebenso wie die Blicke, die sie sich zuwarfen, wenn sie sich unbeobachtet fühlten.

Einerseits freute sie sich natürlich für Gisela, andererseits wurde sie zunehmend einsamer, weil die Freundin sich immer häufiger mit Bruno traf. Und das Band, das zwischen den beiden spürbar würde, machte ihr ihre eigene Einsamkeit noch stärker deutlich.

Als sie es wagte, Gisela zu fragen, wie ihre Beziehung mit Bruno weitergehen sollte, erntete sie nur ein Schulterzucken. Die einzig klare

Aussage, die sie irgendwann erhielt war, dass Gisela Bruno vorgeschlagen hatte, zu heiraten. Bruno hatte dieses Ansinnen jedoch mit – wie Gisela sagte – fadenscheinigen Gründen abgelehnt. So blieb es bei heimlichen Treffen und Ausfahrten in die Umgebung von Wien.

Trotzdem waren die beiden fröhlich und unbekümmert. Sophie kam sich im Gegensatz dazu alt und müde vor. Und als ihr Gisela mitteilte, dass sie sich für eine Weile auf ihr Anwesen bei Klosterneuburg zurückziehen wollte und Bruno sie begleiten würde, war sie fast erleichtert, da sie nicht mehr das fünfte Rad am Wagen spielen musste.

Die Erleichterung verflüchtigte sich, als Karlesky sie wissen ließ, dass er im Auftrag der Kaiserin nach Schloss Hof reisen müsse, und einige Zeit dort verbringen würde.

Wieder fragte er sie nicht, ob sie ihn begleiten wollte und ihre Würde verbot ihr, ihn danach zu fragen. Zwar hatte sich ihr Verhältnis in den letzten Wochen gebessert und statt kühler Höflichkeit gingen sie beinahe freundschaftlich miteinander um. Aber das war auch alles.

In einer stillen Stunde gestand sich Sophie ein, dass sie tatsächlich dumm genug gewesen war, sich in ihren Mann zu verlieben. Dumm vor allem aus dem Grund, da er sie wegen der zahlreichen Schachpartien, die sie gegen ihn gewonnen hatte, vermutlich nicht mehr für einen Bauerntrampel hielt, aber weit davon entfernt war, in ihr etwas anderes zu sehen, als ein dekoratives, aber nutzloses Möbelstück in seinem Haus.

Und sie hasste sich dafür, dass sie anfing, ihm sehnsüchtige Blicke zuzuwerfen, wenn er mit ihr eine Gesellschaft besuchte. So, wie die meisten anderen Frauen dort. Immer öfter dachte sie an die Worte der Kaiserin, die ihr bei genauerer Betrachtung durchaus berechtigt erschienen. Sobald sie sich mehr als fünf Schritte von Karlesky entfernte, war er von Frauen jeden Alters umringt, die um seine Aufmerksamkeit buhlten.

Er behandelte sie alle mit der gleichen Unverbindlichkeit, lachte und scherzte mit ihnen. Soweit Sophie es beurteilen konnte, favorisierte er keine von ihnen.

Auch nicht sie selbst.

Als Karlesky sich von ihr verabschieden kam, saß sie im gelben Salon und schrieb an einem Brief für die Baronin Weißenfeld. Mittlerweile führten sie rege miteinander Korrespondenz. Deshalb wusste Sophie auch, dass sich Luise noch immer nicht gemeldet hatte. Niemand wusste, wo sie geblieben war und manche Äußerungen der Baronin ließen darauf schließen, dass Luise alles vergeben werden würde, wenn sie wieder heimkäme. Aber im Moment blieb die Baroness verschwunden und alle nachsichtigen Gedanken waren reine Hirngespinste.

Sophie legte die Feder beiseite und blickte ihrem Mann entgegen. Er trug Reitkleidung. Helle, hautenge Hosen, glänzende Stiefel und eine dunkelgrüne Jacke mit einem cremeweißen

Hemd. Ihr Herz zog sich zusammen. Er war wirklich der schönste Mann, den sie jemals gesehen hatte.

Er blieb vor dem Schreibtisch stehen. „Sophie, ich reise ab. Wie gesagt, werde ich vermutlich mindestens zwei Wochen in Schloss Hof bleiben."

Sie riss ihren Blick von den muskulösen Schenkeln los, die sich unter der Reithose abzeichneten. Langsam erhob sie sich und ging um den Schreibtisch herum

„Ich wünsche Euch viel Glück, Alexander."

Sie standen sich gegenüber. Die hellen Augen des Grafen schimmerten wie Quecksilber und Sophie spürte, wie ihr die Röte in die Wangen stieg. Wieder einmal fielen ihr seine perfekt geschwungenen Lippen auf und sie wünschte sich, er würde sie küssen. Sie wünschte, sie könnte einfach die Hände ausstrecken und in seinem seidig glänzenden Haar vergraben. Sie wünschte, sie könnte ihn begleiten. Sie wünschte, sie wäre der Mittelpunkt seines Lebens und nicht nur ein unwichtiger

Nebendarsteller. Aber die gute Fee erhörte sie nicht und so blieben ihre Wünsche unerfüllt.

Ein Muskel in seiner Wange zuckte und er griff nach ihrer Hand, die er formvollendet an die Lippen hob. Zu ihrer Überraschung deutete er den Kuss nicht nur an, sondern sein Mund berührte wirklich für einen köstlichen Augenblick ihre Haut. Sophie stockte der Atem und ihr ganzer Körper schien zu schwingen wie die Saiten einer Harfe.

Sie blickte ihn unverwandt an und in diesem Moment lagen ihre Gefühle nackt und bloß auf ihrem Gesicht. Sie hatte nicht mehr die Kraft, sie zu verbergen und im Augenblick war es ihr auch herzlich gleichgültig, ob er über diese Gefühle lachte oder nicht.

Er lachte nicht, aber er ließ ihre Hand los, als hätte er sich verbrannt.

„Lebt wohl, Sophie“, sagte er leise und redete seltsam eindringlich weiter. „Und seid vorsichtig, mit wem Ihr Euch in Gesellschaft abgebt. Nicht jeder ist ein Freund der Karleskys, auch wenn er so tut. Vergesst das nicht.“

Sie spürte, dass er noch mehr sagen wollte, und blickte ihn fragend an. Aber nachdem er sie eine Weile schweigend betrachtet hatte, wandte er sich ab und verließ den Raum.

Sophie vermisste ihn, kaum dass er abgereist war. Das Haus schien plötzlich riesig und sie fühlte sich völlig verloren. Deshalb stürzte sie sich in das Gesellschaftsleben der Stadt und besuchte jeden Abend ein anderes Fest.

Bei einer dieser Gelegenheit lief ihr der Fürst von Walderstett über den Weg. „Gräfin, welche Freude, Euch heute Abend hier zu treffen. Darf ich ein paar Worte mit Euch wechseln, oder besteht die Möglichkeit, dass mich Karlesky dann fordert?", fragte er mit einer kleinen Verbeugung.

Sophie lachte und erwiderte: „Nein, der Graf befindet sich in Schloss Hof und wird auch die nächsten Tage dort verbringen."

„Gehen wir ein paar Schritte?" Er bot ihr seinen Arm und sie legte ihre Hand darauf.

„Ich habe Euch lange nicht mehr in Wien gesehen, Fürst. Wart Ihr auf Reisen?“

„Ihr werdet mich alten Mann doch nicht etwa vermisst haben, Gräfin?“, sagte er mit einem charmanten Lächeln.

Sophie runzelte die Stirn. Diese Anspielung gefiel ihr nicht. „Es ist mir einfach aufgefallen.“

„Ich war in Karlsbad, um diese Jahreszeit mache ich gerne eine Trinkkur“, erklärte er leichthin.

Sophie neigte den Kopf. „Ich habe schon viel von den Heilquellen gehört, waren sie Euch von Nutzen?“

„Das Wasser stärkt und entgiftet meinen Körper, das ist alles. Außerdem gibt es in der Nähe ein Anwesen, das sich seit Generationen im Besitz der Walderstetts befindet, dort muss ich gelegentlich nach dem Rechten sehen.“ Er nahm einen Champagnerkelch vom Tablett eines Lakaien und reichte ihn Sophie. „Aber in der nächsten Zeit bleibe ich in Wien. Wir werden uns also öfters sehen.“

„Darauf wollen wir trinken. Und auf Eure Gesundheit.“ Sie hob ihr Glas und er erwiderte ihre Geste.

„Ich werde ein Kostümfest veranstalten, Gräfin“, sagte er dann zusammenhanglos. „Übermorgen, in meinem Haus in Hetzendorf. Ihr seid herzlich eingeladen.“

„Das ist sehr freundlich ...“ Sie überlegte, ob sie eine Ausrede benutzen sollte, entschied sich aber dann für die Wahrheit. „Karlesky hat mir mehr oder weniger den Umgang mit Euch verboten. Ich denke, es ist klüger, wenn ich Euren Ball nicht besuche, schon aus dem Grund, um das angespannte Verhältnis zwischen Euch und ihm nicht noch weiter zu strapazieren.“

Walderstett nickte. „Wie Ihr wollt. Aber Karlesky braucht davon ja nichts zu erfahren“, meinte er dann. „Es ist ein Maskenball. Niemand wird Euch erkennen.“

Sophie dachte an das große, einsame Haus, das sie erwartete und ihre Entscheidung geriet ins Wanken. „Ich weiß nicht so recht ...“

„Ich wollte Euch schon immer meine Bibliothek zeigen. Gerade habe ich wieder einige wirklich schöne Stücke aus Frankreich erhalten.“ Er merkte ihre Unentschlossenheit und beugte sich vor. „Ich schicke Euch eine Kutsche ohne Wappen, so weiß niemand, wer Euch abholt und wer Ihr seid, wenn Ihr bei meinem Haus ankommt. Selbstverständlich bringt Euch die Kutsche auch zurück.“

Sophie zögerte noch immer.

„Einen kleinen Spaß könnt Ihr Euch doch gönnen. Der Graf wird in Schloss Hof bestimmt nicht Trübsal blasen.“

Damit hatte er zweifellos Recht und diese Worte gaben schließlich den Ausschlag. Sophie hob den Kopf. „Ich freue mich, Euer Haus zu sehen und natürlich ganz besonders auf die Bibliothek.“

„Gut. Der Wagen holt Euch um sieben ab. Ich freue mich.“ Er hob ihre Hand an die Lippen und hauchte einen Kuss darauf.

10

Gisela betrachtete Bruno missmutig, der nackt wie Gott ihn geschaffen hatte, vor dem Bett mit einer Flasche Champagner hantierte. Sein Anblick war zwar durchaus erfreulich, was sie jedoch nicht darüber hinwegtäuschte, dass die Dinge nicht so liefen, wie sie laufen sollten. Aber das würde sich ändern. Und zwar bald.

Nachdem er zwei Gläser mit der perlenden Flüssigkeit gefüllt hatte, stellte er die Flasche beiseite und kam zurück zu ihr. Er reicht ihr ein Glas und setzte sich neben sie aufs Bett. „Was feiern wir, Liebling?"

Sie nahm ihm das Glas aus der Hand und machte einen Schluck. Dann legte sie den Kopf schief und betrachtete den Kelch. „Eine Hochzeit."

Er runzelte die Stirn. „Eine Hochzeit?"

„Ja, Bruno. Ich denke, es ist an der Zeit, dass du es erfährst. Ich werde noch dieses Jahr den Brauereibesitzer Josef Gierlinger heiraten."

„Was?" Bruno stellte das Glas so hart auf das Tischchen neben dem Bett, dass es um ein Haar zersprungen wäre.

Gisela nickte melancholisch. „Ja, er hat mich vor einiger Zeit gefragt, und ich bin zu der Überzeugung gekommen, dass es für mich das Beste wäre."

„Und was tue ich dann hier?", fauchte er wütend.

„Eine Heirat heißt ja nicht, dass sich an unserer Beziehung etwas ändern muss, Bruno", sagte sie leichthin.

„Was?", fragte er zum zweiten Mal und seine Stimme klang noch fassungsloser als vorhin.

„Schau, ich hab' es einfach satt, alleine zu leben, alleine zu reisen, all die öden gesellschaftlichen Verpflichtungen alleine zu absolvieren oder als lästiges Anhängsel der Karleskys."

„Wenn du Gierlinger heiratest, wirst du nicht viel an Gesellschaften besuchen. Er ist ein

Bürgerlicher." Bruno spuckte das letzte Wort förmlich aus.

Sie zuckte die Schultern. „Ich bin in der Gesellschaft etabliert. Mein Mann wird es auch sein. Diesen Punkt habe ich lang und breit mit dir diskutiert. Und Gierlinger zweifelt nicht an meinen Worten. Im Gegensatz zu manchem anderen", fügte sie hinzu und warf ihm einen Blick zu, der klar machte, wer dieser andere war.

Bruno presste die Kiefer aufeinander. „Du bist also fest entschlossen?"

„Da mich der Mann, den ich haben will, nicht heiratet, ist es mir herzlich egal, wen ich heirate." Sie streckte die Hand aus und strich über seine nackte Hüfte. „Und du bleibst mein kleines schmutziges Geheimnis."

„Du meinst das nicht ernst, Gisela", sagte er langsam.

„Lässt du es darauf ankommen?" Ihre Hand erreichte seinen Schenkel.

Er sah sie an und sie erwiderte seinen Blick ohne mit der Wimper zu zucken. „Wir werden uns ein kleines Liebesnest einrichten, in der Rossau vielleicht, und dort treffen wir uns regelmäßig. Wenn mein Mann arbeitet oder auf Reisen ist."

Das Glas fiel aus ihrer Hand und rollte unter das Bett, als Bruno sie in die Kissen drückte. „Ehe ich zulasse, dass du dich an einen fetten bürgerlichen Neureichen wegwirfst, werde ich dafür sorgen, dass du den einzigen Sohn eines bettelarmen Schildermalers heiratest."

Gisela legte die Arme um seinen Hals und seufzte theatralisch. „Hat dieser Sohn den Körper eines griechischen Gottes?"

„Sieht aus wie Apoll persönlich", murmelte Bruno und senkte seinen Kopf.

„Na gut, dann lass ich mich überreden", kicherte Gisela und dann sagten sie sehr, sehr lange nichts mehr.

11

Wie versprochen schickte Fürst Walderstett Schlag sieben eine Kutsche ohne Wappen, aber mit dicken Vorhängen an den Fenstern, die Sophie zu dem Maskenball bringen sollte.

Ihrer Zofe hatte sie erzählt, dass sie mit Graf und Gräfin Woronsky zu einem Opernbesuch verabredet war. Mitzi nahm die Nachricht, dass ihre Herrin die Nacht außer Haus verbringen würde, erfreut auf - ohne groß nachzufragen, da sie eigene Pläne hatte.

Also saß Sophie wenig später in einer dunklen Kutsche, die die Stadt durch das Kärntner Tor in südlicher Richtung verließ. Hetzendorf gehörte zu den Vororten von Wien, die zwischen der Stadt und dem Schloss Schönbrunn lagen. Zahlreiche vermögende Bürger und Adelige hatten hier ihre Sommerresidenzen und Jagdschlösser errichtet.

Die Sonne war bereits untergegangen, als die Kutsche vor einer geschwungenen Freitreppe hielt. Der Wagenschlag wurde von außen geöffnet und Sophie fand sich zu ihrer Überraschung keinem Diener oder Stallknecht, sondern Fürst Walderstett höchstpersönlich gegenüber.

„Guten Abend, Gräfin." Seine Stimme klang ruhig.

Hastig band sie ihre Maske um. „Guten Abend, Fürst Walderstett. Wie aufmerksam von Euch, mich persönlich ins Schloss zu geleiten."

Er verbeugte sich schweigend und half Sophie aus der Kutsche.

Während sie ihre Kleider ordnete, fuhr der Wagen weg und Sophie konnte einen Blick auf das Haus werfen. Sie hatte damit gerechnet, dass die Fenster hell erleuchtet sein würden und man die Klänge von Stimmen und Musik hören würde.

Das Gebäude hinter ihr war allerdings nur schwach erleuchtet und verriet keinerlei Betriebsamkeit. Ganz im Gegenteil. Es wirkte leer und verlassen. Sophie runzelte die Stirn. Vielleicht fand das Fest ja in einem anderen Flügel statt, den man von hier aus nicht sehen konnte.

Sie raffte ihre Röcke und folgte dem Fürsten. Auch in der Eingangshalle brannten nur wenige Kerzen.

„Bin ich zu früh?“ Ihre Stimme zitterte unmerklich und sie wünschte, dass sie dem Kutscher befohlen hätte zu warten.

„Ich wollte Euch die Bibliothek zeigen, ehe die anderen Gäste eintreffen.“ Er schloss das Eingangsportal sorgsam hinter ihr ab, und lächelte sie an. „Die Treppe hinauf, Gräfin.“

Sophie unterdrückte das mulmige Gefühl, das sich in ihr ausbreitete und wandte sich zur Treppe. Schweigend gingen sie nebeneinander über die breite, großzügig geschwungene Stiege nach oben.

Auch hier waren nur die notwendigsten Kerzen entzündet worden und kein Diener ließ sich blicken. Die Geräusche, die ihre Absätze auf dem blanken Marmorboden verursachten, hallten in Sophies Ohren.

Der Fürst öffnete eine Tür und ließ sie eintreten. Er hatte nicht übertrieben, die Bibliothek war wirklich riesig. Sofort lösten sich ihre Bedenken in Luft auf. Beeindruckt sah sie sich um und ging auf eines der hohen Regale zu.

Hinter sich hörte sie, wie ein Schlüssel im Schloss gedreht wurde und wirbelte herum. Der Fürst hielt den Schlüssel noch in der Hand, als er auf sie zukam.

„Was ... was hat das zu bedeuten?“, sagte Sophie und hoffte, dass sich ihre Stimme sicherer anhörte, als sie sich fühlte.

„Meine liebe, werte Gräfin, ich möchte nichts weiter, als Eure Gesellschaft ungestört genießen.“ Seine Worte wirkten wie mit Öl überzogen und Sophies Magen krampfte sich zusammen. Sie hatte Angst. Von dem Mann, den sie die letzten Wochen gekannt zu haben glaubte, war nichts mehr übrig. Stattdessen stand sie einem völlig Fremden gegenüber.

Seine Züge wirkten hart und zu allem entschlossen. Keine Heiterkeit und kein Lächeln lag auf ihnen.

„Das Fest ... die Gäste ...“, murmelte sie, obwohl sie die Antwort schon kannte.

„Ihr, meine liebe Gräfin seid der Ehrengast in meinem Hause und das ist mir Fest genug.“ Er kam näher und Sophie wich zurück.

Sie begriff, dass er sie in eine Falle gelockt hatte. In ein leeres Haus abseits der Stadt. Niemand konnte ihr hier zu Hilfe kommen. Karlesky hatte mit all seinen Warnungen Recht gehabt. Aber jetzt war es zu spät, die Wahrheit in seinen Worten zu erkennen, die einen anderen Grund haben mussten als eine bloße gockelhafte Auseinandersetzung zwischen zwei Männern.

Unauffällig blickte sie sich um. Aber nirgends entdeckte sie einen Brieföffner oder anderen Gegenstand, mit dem sie sich verteidigen konnte.

„Was wollt Ihr von mir, Fürst Walderstett?“, fragte sie, um Zeit zu gewinnen.

„Ein bisschen Gesellschaft“, antwortete er und ging weiterhin bedrohlich langsam auf sie zu.

Das Regal stieß hart in ihren Rücken und bremste ihre Flucht.

„Ich dachte, Ihr seid ein Ehrenmann. Ein Ehrenmann würde einer wehrlosen Frau niemals Gewalt antun“, versuchte sie ihn aufzuhalten.

„Es gibt zahlreiche Menschen, die mich niemals einen Ehrenmann nennen würden, Gräfin. Euer hochgeschätzter Gatte gehört zweifellos dazu.“

Sophie versuchte das Zittern, das sie überfiel, zu unterdrücken. „Er hat mich vor Euch gewarnt. Ich hätte auf ihn hören sollen!“

„Das hättet Ihr wirklich tun sollen. Aber vor allem ... hätte er besser auf Euch achtgeben sollen. Auf seinen kleinen, süßen Schatz.“ Er ließ das Z auf der Zungenspitze rollen, dass es wie das Zischen einer Schlange klang.

Sophies klamme Finger fuhren die Buchreihen hinter ihrem Rücken entlang. Verzweifelt versuchte sie, ein Buch herauszuziehen, um es ihm an den Kopf zu werfen, aber die Bände standen so dicht beieinander, dass dieses Vorhaben scheiterte.

Walderstett kam näher und griff nach ihrem Kinn. Er hielt es fest und betrachtete ihr Gesicht.

„Bezaubernd. So jung und schön. Es wird mich nicht viel Überwindung kosten, ein wenig von Karleskys Eigentum zu naschen. Und ihm danach zu berichten, wie süß diese Lippen schmecken und wie seidig sich die Haut Eurer Brüste anfühlt."

Er beugte sich vor und presste seinen Mund auf den ihren. Sophie biss die Zähne zusammen, doch er drückte seinen Daumen und den Zeigefinger so brutal in ihre Wangen, dass sie den Mund öffnen musste. Seine Zunge war dick und schleimig und Sophie begann zu würgen.

Walderstett hob den Kopf und ließ ihr Kinn los. Bevor sie Erleichterung empfinden konnte, schloss sich seine Hand um ihre Kehle.

„Vielleicht sollte ich Euch einfach bewusstlos würgen und mich dann an Euch ergötzen. Es geht nichts über die Anschmiegsamkeit einer Frau, die nicht bei Sinnen ist." Er schloss die Augen und stöhnte. Seine freie Hand strich über die Wölbung seiner Hose.

Sophie begriff, dass ihn dieser Gedanke erregte und versuchte ihrer Panik Herr zu werden. Wenn sie wirklich bewusstlos wurde, dann hatte sie nicht die allerkleinste Chance gegen ihn.

„Ich mag es nicht, wenn sie um sich schlagen und schreien. Ich bin schließlich kein Landsknecht", erklärte er im Plauderton. „Ich habe Stil und einen Blick für Schönheit."

Vor Sophies Augen begannen bunte Sternchen zu tanzen. Verzweifelt rang sie nach Luft, doch Walderstetts Hand lag wie eine Eisenklammer um ihren Hals.

„Bitte ...", krächzte sie hilflos und fühlte, wie ihr die Tränen über die Wangen liefen. Sie zerrte an Walderstetts Unterarm, aber der regte sich nicht einen Millimeter. Ihre Hände fielen herab und sie schloss die Augen, um sich in das Unvermeidliche zu fügen.

Nur am Rande ihres Bewusstseins hörte sie Glas splittern. Und dann war die Eisenklammer um ihren Hals plötzlich verschwunden.

Sophie hustete und ließ die kostbare Luft in ihre Lungen strömen. Keuchend massierte sie ihren Hals. Die Sternchen vor ihren Augen lösten sich auf, aber trotzdem traute sie dem Bild nicht, das sich ihren Augen bot. Graf Karlesky stand mit gezogener Pistole vor dem Fürsten Walderstett.

Er war völlig in schwarz gekleidet, von seinen glänzenden Stiefeln bis zu einem schwarzen Tuch, unter dem er seine hellen Haare versteckt hatte. Die Reste des gesplitterten Fensters lagen um ihn herum.

„Beim Jupiter, Karlesky, was für ein dramatischer Auftritt“, näselte Walderstett. „Und das alles wegen einer kleinen Schlampe, die gerne perverse Spielchen spielt.“

„Nur weiter, wenn Euch Euer Leben lieb ist, Walderstett. Erzählt mir ganz genau, was Ihr mit meiner Frau anstellen wolltet.“ Die Stimme des Grafen klang kalt wie Eis.

Der Fürst lachte boshaft und verschränkte die Arme vor der Brust. „Wollte? Karlesky, Ihr seid ein noch größerer Narr, als ich gedacht habe. Ich habe sie bereits genossen, auf Weisen, die Ihr Euch in Eurem schlichten kleinen Gemüt gar nicht vorstellen könnt. Es hat ihr gefallen, sie konnte nicht genug davon bekommen. Immer, wenn sie mir in Gesellschaft begegnete, lief sie mir nach und rieb ihren kleinen, gierigen Körper an mir. Fragt, wen Ihr wollt. Ganz Wien war Zeuge, wie sie Euch Hörner aufgesetzt hat. Ganz Wien lacht über Euch."

Sophie schüttelte entsetzt den Kopf. Diese Anschuldigungen raubten ihr erneut den Atem. Sie wollte zu Alexander hinüberlaufen, aber ihre Glieder waren wie gelähmt.

Der Graf schwieg. Seine freie Hand glitt in seine Jackentasche.

Walderstett betrachtete angelegentlich seine Fingernägel. „Sie hat es genossen, Karlesky. Noch mehr als Eure Mutter."

Sophie schlug die Hand vor den Mund und starrte ihren Mann an. Sein Gesicht glich einer

Maske. Seine Finger öffneten und schlossen sich um den Griff der Pistole. Sophie erwartete jeden Moment den Schuss, der Walderstett ins Jenseits befördern würde. Doch zu ihrer Verwunderung blieb dieser Schuss aus.

Die Stille im Raum hing einem Damoklesschwert gleich über den drei Menschen. Der Graf brach sie als erster. Er steckte die Pistole in den Bund seiner Hose und zog die Hand aus der Jackentasche.

„Erkennt Ihr ihn wieder, Walderstett?“ Seine Stimme klang ausdruckslos, als er dem Fürsten den Ring entgegenhielt. „Euren Familienring, der vor langer Zeit gestohlen wurde?“

Die lässige Haltung Walderstetts wich einem angespannten Ausdruck. „So ist es. Woher habt Ihr ihn?“, fragte er lauernd und kam näher.

Karlesky zog seinen Arm gerade so weit zurück, dass sich der Ring außerhalb der Reichweite seines Gegners befand.

„Ich habe ihn von der Tochter der Frau, die ihn Euch gestohlen hat.“

Walderstett wurde blass und Karlesky sprach weiter: „Jener Frau, die Ihr von Euren Häschern quer durchs Land jagen ließet, die Ihr zu Tode gehetzt habt."

„Sie hat mich bestohlen ..."

Karlesky unterbrach ihn mit kalter Stimme. „Ja, und sie hat noch etwas anderes getan. Sie hat sich von Euch schwängern lassen."

Die Worte hallten in Sophies Kopf. Mühsam begriff sie, was hier geschah, was die Worte ihres Mannes bedeuteten.

Der Graf ging langsam um den Fürsten herum, ohne ihn dabei aus den Augen zu lassen. „Traude Pichler war die Tochter eines angesehenen Landarztes. Aber das hat Euch nicht gestört. Ihr habt sie umgarnt, und als sie schwanger war, fiel Euch plötzlich ein, dass Ihr mit der Tochter des Reichsgrafen von Badenhausen verlobt wart. Und dass die Liaison mit der Tochter eines Landarztes eine ernste Gefahr für diese wichtige Heirat darstellte. Vor allem, da Traude Pichler die Stirn besaß, nicht einfach zu verschwinden, sondern Euch mit dem Ring zu erpressen."

Alle Farbe war aus dem Gesicht des Fürsten gewichen. „Woher ... woher ..."

Karlesky zog das schwarze Tuch vom Kopf und ließ es achtlos zu Boden fallen. „Ich beobachte Euch seit dem Tag, an dem sich mein Vater erschossen hat. Ich habe jede gottverdammte Einzelheit aus Eurem Leben aufgezeichnet. Ich weiß Dinge über Euch, Walderstett, die Ihr selbst vermutlich schon vergessen habt. Ich habe sie zusammengetragen und archiviert, weil ich sicher war, dass der Tag kommen würde, an dem ich Euch für alles, was Ihr meiner Familie angetan habt, zahlen lassen würde."

„Gelogen, erfunden, alles Lüge, nichts als Unterstellungen", rief der Fürst.

„Ihr habt mich noch nicht gefragt, wo sich meine und die Wege der Tochter von Traude Pichler gekreuzt haben. Eurer Tochter, um genau zu sein."

„Uninteressant. Ihr habt das alles erfunden“, schnarrte Walderstett.

Der Graf zuckte die Schultern. „Dann wird es Euch völlig gleichgültig sein, wenn ich Euch jetzt Traude Pichlers Tochter vorstelle.“ Er drehte sich zu Sophie um. „Das Mädchen, das von der Baronin Weißenfeld aufgezogen wurde, aber in Wirklichkeit das Kind von Traude Pichler ist. Eure Tochter, Fürst Walderstett. Gräfin Sophie von Karlesky, meine Frau.“

„Ihr lügt, ihr lügt“, wiederholte der Fürst heiser.

„Seht sie Euch an, sie trägt die unverwechselbaren Merkmale der Walderstetts. Die schwarzen Brauen, die sich unabhängig von der Haarfarbe vererben. Das dreieckige Gesicht mit dem spitzen Kinn. Die hochgewachsene Gestalt. Seht sie Euch an, Walderstett und Ihr wisst, dass sie Eure Tochter ist.“

Sophie starrte Walderstett an, der sie ebenso genau betrachtete. Sie wollte nicht glauben, dass dieser Mann, der sie entführt und beinahe vergewaltigt hätte, ihr Vater sein sollte.

„Und jetzt kommen wir zum Höhepunkt dieses herzergreifenden Familientreffens, das ich aus der Ferne arrangiert habe", sagte der Graf und hatte damit Sophies vollste Aufmerksamkeit.

„Ihr? Unsinn ...", sagte der Fürst harsch.

„Ihr seid so leicht zu durchschauen, Walderstett. Ich wusste genau, dass Ihr Euch an meine Frau heranmachen würdet. Also musste ich nur für eine passende Gelegenheit sorgen und in der Nähe bleiben."

Sophies Herz krampfte sich zusammen. Er war nicht als ihr Retter in letzter Minute erschienen, sondern hatte sie diesem Monstrum, das ihr Vater sein sollte, ausgeliefert. Für seine persönliche Rache hatte er dieses Schauspiel inszeniert.

„Was wollt Ihr?", fragte Walderstett kalt.

„Ich will Euer Geständnis, dass Ihr derjenige wart, der die Dokumente gestohlen hat, weswegen mein Vater des Hochverrats beschuldigt wurde. Niemand kann meine Eltern mehr lebendig machen, aber ich will, dass der Name Karlesky in Zukunft makellos rein erstrahlt und kein Schatten mehr darauf fällt."

„Sonst?"

„Sonst erfährt die ganze Welt, einschließlich der Kaiserin, dass Ihr eine unschuldige junge Frau in den Tod gehetzt habt. Eine Frau, die Euer Kind trug."

„Das könnt Ihr nie beweisen."

„Doch, ich habe einen Eurer Häscher ausfindig gemacht und ich habe den lebenden Beweis, warum Ihr Traude Pichler töten lassen wolltet." Er drehte sich um zeigte mit ausgestreckter Hand auf Sophie. „Diese Frau ist Eure Tochter, Walderstett, und nachdem es dem Schicksal gefallen hat, alle eure anderen Nachkommen vorzeitig ins Grab zu schicken, ebenso wie Eure Ehefrauen, ist Sophie auch Eure Erbin."

Der Fürst starrte ihn böse an und Karlesky zog ein zusammengefaltetes Dokument aus der Brusttasche. „Hier habe ich Euer Geständnis bereits aufgesetzt, Ihr braucht nur mehr zu unterschreiben."

Walderstett nahm das Papier und überflog es. Dann senkte er den Kopf und zuckte die Schultern. „Wie es scheint, habt Ihr gewonnen, Karlesky."

Er ging zwischen Sophie und dem Grafen zu seinem Schreibtisch. Mit dem Rücken zu ihnen blieb er stehen und öffnete das Tintenfässchen. Die Feder kratzte über das Papier. Dann drehte sich der Fürst um und kam auf den Grafen zu. Er reichte ihm das Dokument. Als Karlesky danach greifen wollte, ließ der Fürst es los und es segelte zu Boden.

Automatisch bückte sich der Graf und im gleichen Moment packte Walderstett Sophie und hielt ihr einen langen, spitzen Brieföffner an den Hals. Sophie schrie auf und wollte sich aus seinem Griff befreien, aber wieder lag sein Arm wie eine Stahlfessel um ihren Körper.

„Aber manchmal, Karlesky, täuscht der Schein", sagte der Fürst hämisch. „Ihr werdet das Papier verbrennen, oder Eure kleine Frau verblutet auf dem Marmorboden meiner Bibliothek."

„Ihr werdet Eure Tochter nicht töten", entgegnete Karlesky langsam.

„Dass Ihr Euch da nicht täuscht", zischte Walderstett zwischen den Zähnen hervor und drückte die Spitze des Brieföffners so tief in Sophies Hals, dass ein dünnes rotes Rinnsal über ihre weiße Haut sickerte.

Sophie sah den Grafen an. Sie spürte den Schmerz nicht, den ihr Walderstett zufügte, denn der Schmerz über die Handlungsweise ihres Mannes war größer. Er hatte sie benutzt, um seine Rache zu planen, sie war für ihn nichts weiter als ein Werkzeug, mit dem er den Fürsten Walderstett vernichten wollte. Seine Rache war gelungen, er hielt den Beweis für die Unschuld seiner Familie in Händen und würde seinen Namen reinwaschen können. Sie selbst hatte keine Bedeutung mehr für ihn, weder lebend noch tot. Er hatte sie nie gewollt und auf diese Weise wurde er sie elegant los

Sie schwieg und eine einzelne Träne lief über ihre Wange.

Der Graf sah sie ebenfalls an. Ihre Blicke tauchten ineinander und dann wandte er sich ab. Er betrachtete das Dokument in seiner Hand eine Weile, und dann hielt er es in die Kerzenflamme neben ihm. Das Papier knisterte und fiel in kleinen schwarzen Flocken zu Boden.

„Sehr schön", lobte Walderstett ohne Sophie loszulassen. „Aber Ihr wisst, dass ich sie trotzdem nicht gehen lassen kann."

„Ein Schwein wie Ihr hält nie sein Wort, das ist nichts Neues."

Walderstett lachte. „Ach, wir werden beleidigend. Es sei Euch verziehen."

„Wenn Ihr sie tötet, werdet Ihr diesen Raum nicht lebend verlassen", sagte Karlesky ruhig und zog die Pistole aus dem Bund seiner Hose.

„Da täuscht Ihr Euch schon wieder. Denn die süße Kleine wird mich begleiten", entgegnete Walderstett spöttisch und ging rückwärts auf die Tür zu, ohne Sophie loszulassen. Sie versuchte zwar ihre Absätze in den Boden zu stemmen, aber der Fürst war stärker und schleifte sie einfach mit sich. „Ihr bleibt, wo Ihr seid“, rief er Karlesky zu.

Sophie dachte panisch nach. Aus welchem Grund auch immer, Karlesky würde nicht schießen, solange der Fürst ihren Körper als Schild benutzte. Sie musste etwas unternehmen und es blieb ihr nicht mehr viel Zeit.

Als Walderstett bei der Tür angekommen war, musste er den Brieföffner von Sophies Hals nehmen, um mit dem Ellbogen die Klinke drücken zu können. In diesem Moment hob Sophie ihren rechten Fuß und stieß mit dem spitzen Absatz so fest sie konnte auf Walderstetts Schuh. Sein Griff lockerte sich für den Bruchteil einer Sekunde und das genügte ihr, um sich zu Boden fallen zu lassen.

Im gleichen Augenblick krachte ein Schuss. Angespannt blickte Sophie auf die Hemdbrust des Fürsten, wo sich ein roter Fleck auszubreiten begann. Walderstett starrte ungläubig darauf und der Brieföffner entglitt seinen Fingern.

Dann rutschte der Fürst langsam an der Tür nach unten, bis er aufrecht sitzen blieb.

Karlesky war auf Sophie zugestürzt und kniete sich neben ihr nieder.

„Bist du in Ordnung, Sophie?“, fragte er und sie las die Sorge in seinen Augen..

Sie nickte. „Ja, mir ist nichts passiert.“

„Gott sei Dank.“ Er zog sie an sich und hielt sie fest.

Sophie genoss das Gefühl der Geborgenheit in seinen Armen und legte den Kopf an seine Schulter. Reden konnten sie später.

Hinter sich hörte sie Walderstett rasselnd husten. „Das ist besser als alles, was ich Euch hätte antun können, Karlesky“, keuchte er heiser. „In Euren Kindern wird mein Blut fließen und mich unsterblich machen. In jedem Karlesky ein Tröpfchen Walderstett ... die Götter haben Sinn für Humor ... das ist wirklich ...“ Seine Stimme brach ab.

Sophie schloss die Augen und klammerte sich an ihrem Mann fest. Die Bedeutung der

Worte des Fürsten sickerte langsam in ihren Verstand.

Sie war die Tochter von Karleskys größtem Feind. Einem Mann, der seine ganze Familie in den Abgrund gestürzt hatte; der Schuld daran trug, dass sein Name mit Hochverrat in Verbindung gebracht wurde und dessen Wesen so abgrundtief böse war, dass er vor keinem Verbrechen zurückschreckte. Und in ihr floss das gleiche Blut.

Sie löste sich aus den Armen ihres Mannes und stand auf. Nachdem sie einen Blick auf Walderstett geworfen hatte, der seitlich umgekippt neben der Tür lag, ging sie zu einem der Fenster und starrte in die Dunkelheit. Sie verschränkte die Arme vor der Brust, als wollte sie sich an sich selbst festhalten. Die Schritte des Grafen kamen näher und er blieb hinter ihr stehen, ohne sie zu berühren.

„Ist es wahr, was Ihr Walderstett erzählt habt? Ist er mein Vater?“, fragte sie mit einem winzigen Fünkchen Hoffnung, dass er die Geschichte vielleicht nur erfunden hatte.

Sie spürte seinen Atem in ihrem Nacken. „Ja, es ist wahr. Wenn Ihr wollt, gebe ich Euch die Unterlagen, die ich zusammengetragen habe."

„Was soll jetzt werden?", fragte Sophie leise.

„Wir können die Ehe annullieren lassen. Er hat Euch nicht wirklich Gewalt angetan, nicht wahr?", versicherte er sich mit tonloser Stimme.

„Nein." Der Gedanke, dass er nicht daran glaubte, dass sie sich freiwillig mit Walderstett eingelassen hatte, erfüllte sie mit Wärme. „Es kam nicht so weit, da Ihr noch rechtzeitig hier erschienen seid. Mit seinen Worten wollte er Euch verletzten und in Wut bringen." Sie drehte sich um. „Ist es wahr, was er über Eure Mutter gesagt hat?"

Der Graf nickte langsam. „Ja, sie war seine Geliebte, ich habe die beiden einmal überrascht. Er benutzte sie, um herauszubekommen, wo mein Vater die Geheimdokumente aufbewahrte. Sobald er das wusste, verließ er sie. Als sie erkannte, dass sie nur das Mittel zum Zweck gewesen war, dass alle seine

Liebesschwüre gelogen waren und sie im weiteren Sinn auch Schuld am Tod meines Vaters trug, sprang sie vom Schlossdach. Sie war immer labil und dieser Vorfall gab den Ausschlag."

„Und sie nahm Eure Schwester mit in den Tod", sagte Sophie.

„Ja. Walderstett bat sich bei der Kaiserin die Vormundschaft über mich aus. So wollte er mich kontrollieren. Aber ich habe nie daran geglaubt, dass mein Vater ein Verräter war. Deshalb machte ich mich daran, alle Beweise zu sammeln und für den geeigneten Moment aufzubewahren."

„Ihr habt den Ring sofort erkannt." Es war keine Frage, sondern eine Feststellung. „Deshalb habt Ihr ihn an Euch genommen."

Er nickte wieder. „Ich wusste, dass er zu Walderstetts Familienschatz gehört und dass der Fürst irgendwann erzählt hatte, dass der Ring bei einem Überfall gestohlen worden wäre. Als ich ihn an Euch entdeckte, zweifelte ich sowohl Eure Version als auch die

Walderstetts an und machte mich auf die Suche nach der Wahrheit. Die Baronin Weißenfeld erzählte mir nach einigem Widerstand die Umstände Eurer Geburt. Dann verglich ich in meinen Aufzeichnungen, was Walderstett zu der Zeit alles getan hat und begann der Angelegenheit auf den Grund zu gehen. Ich fand einen der Häscher, die Walderstett auf Eure Mutter angesetzt hat und ich fand auch Euren Großvater, Sophie."

„Meinen Großvater, den Landarzt?", wiederholte sie atemlos.

„Er ist sehr alt und gebrechlich. Außerdem hat das Leben ihn bitter gemacht. Eine Frau aus seinem Dorf pflegt ihn. Aber er wird nicht mehr lange unter uns weilen."

„Kann ich ihn sehen?" Der Gedanke, dass es außer dem Ungeheuer, das ihr Vater war, auch noch jemand anderen geben sollte, der zu ihr gehörte, erfüllte sie mit Freude.

„Ja, natürlich. Aber wir sollten vorher darüber sprechen, wie es weitergehen soll."

Sophie senkte den Kopf. „Ihr sagtet doch, Annullierung."

„Es ist das Einzige, was ich Euch anbieten kann." Er griff nach ihren Händen. „Sophie, ich bin nicht besser als Walderstett. Ich habe Euch für meine Rache benutzt, ohne mir wirklich Gedanken zu machen, wo es enden könnte. Von dem Moment an, da ich die Wahrheit über Eure Abstammung kannte, hatte ich nur das Ziel, Walderstett zu erpressen, um ihn endlich dazu zu bringen, die Wahrheit über den Verrat meines Vaters zu gestehen. Ich habe Euch manipuliert, damit Ihr Walderstett trotz meiner Warnungen nicht meidet, sondern Euch mit ihm anfreundet."

„Also sollte ich Euer Gespräch über mich anhören, auch das habt Ihr bewusst inszeniert …"

„Ja, das sicherste Mittel, Euren Widerstand gegen meine Warnungen in Bezug auf Walderstett zu erzeugen, waren abfällige Worte über Euch, vor allem Euren mangelnden eigenen Willen." Er holte tief Luft. „Ich habe Euch

Walderstett ausgeliefert, um ihn zur Strecke zu bringen. Ich habe mich davongeschlichen und abgewartet, bis mein Plan aufging. Bei all dem war ich mir immer bewusst, ..." Er stockte, sprach aber doch weiter, „... dass meine Rache Euer Leben kosten könnte."

Sophie hob den Kopf. Sie sah die Qual in seinem Gesicht.

„Ich habe geplant und gefeilt und wieder geplant. Aber was ich nicht geplant hatte, Sophie, ist, mich in Euch zu verlieben."

Ihre Hände, die er immer noch festhielt, begannen zu zittern.

„Und trotzdem wollt Ihr eine Annullierung."

Seine Hände hielten die ihren unbeirrbar fest. „Nachdem, was ich Euch angetan habe, ist es wohl die einzig ehrenhafte Lösung."

Sophie dachte an Walderstetts Worte, dass Karleskys Kinder sein Blut weitertragen würden. Das war vermutlich der wirkliche Grund, warum der Graf eine Ehe mit ihr nicht in

Erwägung zog. Die Ehe mit der Tochter seines größten Feindes.

Sie nickte resignierend. „Ich bin einverstanden. Was passiert dann mit mir? Gehe ich wieder zurück, wo ich herkam? Zurück zu all den anderen Bauerntrampeln?“ Schluchzen erstickte ihre Worte und Tränen verschleierten ihren Blick. Sie wusste, dass sie Haltung bewahren sollte, aber sie konnte einfach nicht mehr. Sie war am Ende ihrer Kraft.

Sie hörte ihn fluchen und einen Moment später lag sie an seiner Brust. „Verdammt, ich kann nicht. Ich kann Euch nicht gehen lassen, Sophie. Ganz gleich, ob es ehrenhaft wäre oder nicht.“ Er beugte sich zu ihr und küsste sie mit versengender Leidenschaft. Schweratmend ließ er sie schließlich los. „Könnt Ihr mir verzeihen, Sophie? Könnt Ihr mir noch einmal eine Chance geben?“

Betäubt blickte sie ihn an. „Ihr schickt mich nicht weg? Obwohl Walderstetts Blut in mir fließt?“

„Nein, mein Liebling." Er lachte. „Man kann die Sache ja auch anders sehen. In Zukunft fließt in allen Walderstetts das Blut meiner Familie. Und wir beide, geliebte Sophie, werden dafür sorgen, dass es eine ganze Menge Walderstetts mit Karlesky Blut geben wird."

Sophie lächelte ihn an und ihre letzten Tränen glitzerten im Kerzenlicht. „Versprochen?"

„Versprochen!"

Ende

Printed in Poland
by Amazon Fulfillment
Poland Sp. z o.o., Wrocław

12569459R00120